新潮文庫

私の遺言

佐藤愛子著

新潮社版

7789

私の遺言　目次

はじめに　8

一章　試練の始まり……11
私は初めて怖さを覚えた。怖いのはそれが正体不明の、不可解な状況だからである。深夜の足音に引きつづき、確かに置いてあった物がなくなることに私は気がついた。

二章　心霊世界の扉が開く……34
霊視によると、私の山荘のあたりは死屍累累、アイヌの集落が全滅した様子が見え、これはどうやら佐藤家の先祖とアイヌとの因縁であるらしいといわれた。

三章　宿命を負わされし者……94
招霊に立ち会った私は、その時霊媒の榎本氏に降りて来た戦国時代の戦場稼ぎ「マゴザ」の言葉を聞いて、間違いなく我が血脈に係る人物だと確信した。

四章　神界から来た人……203
しかし気がつくといつか私は神の膝下にいた。いや、いるようだった、といった方が正確かもしれない。神は見ているだけ。

五章　死後の世界……249
そうだった、大切なことは人、一人一人が自分の波動を上げることだった。一人一人の波動が上れば社会の波動が上り、国の波動も上るのだ。

私の遺言

はじめに

私がこれから書くことは、私のこの世への遺言である。いろいろお気に障《さわ》ることもあるだろうが、遺言だと思って読んでいただきたい。遺言なんてものは身内、子孫に遺《のこ》す言葉であって濫《みだ》りに公表する必要はないといわれるかもしれないが、私は公表したいのだ。公表せずにはいられない気持でいっぱいなのである。

今は我が国のあらゆる所に不満と不安の雲が流れている。それを払わなければといいつつ、払うどころか、雲は広がる一方だ。各界の識者といわれる人たちが述べる意見はそれぞれもっともではあるが、意見はむつかし過ぎたり抽象的だったり錯綜《さくそう》するばかりで浮き上り、雲はますます厚くなっている。

私は識者ではない。単純に考え、慎重に素朴に力を振って生きて来ただけの人間である。私に自慢出来ることがあるとすれば、力いっぱい真面目《まじめ》に（といっても私なりにだが）生きたということだけだ。友人は私を奇女変人だという。別の友人は頑迷固陋《ころう》だという。私はいつもこの世の中と調和出来ず世間との隙間《すきま》に苛《いら》立《だ》ち、その隙間を埋めたくてよく怒り、ますます隙間を大きくした。

隙間の大きいまま、私は私の作家生活の最後に私の考えを披瀝《ひれき》しようと決心した。これから書くことは私がこれまで生きてきた七十七年のうちの、その三分の一に当る年月の経験によって得た知識である。黙って死んでいけばいいものをやっぱりいわずにいられないのは、それが今この国に漂っている不安と不満を拭《ぬぐ》うためのひとつの示唆《しさ》になってくれればと思うからである。

（二〇〇一年　春）

一章　試練の始まり

1

何年も前からテレビの某局は屢々《しばしば》、超能力や心霊をテーマに、否定派と肯定派が討論する番組を流す。討論とはいうが、内実は否定派が肯定派を挑発・嘲弄《ちようろう》して、恰《あたか》も虐《いじ》めっ子が嵩《かさ》にかかって弱い者虐めをして面白がるという仕組になっている。テレビメディアはものごとすべてをエンターテインメントにしてしまうものだといってしまえばそれまでだが、もうそろそろ真面目《まじめ》に論じてもいいのではないか。私はその時が来たような気がするのである。

エンターテインメントとして企画されているのであるから、肯定派の中には噴飯ものの意見をいう人が一人、いつも選ばれており、否定派が必要以上に嵩にかかるのも仕方のないことと思わなければならないのかもしれない。しかし肯定派が常に負けいくさになるのは「科学的根拠がない」というひと言に尽きる。科学的に証明することの出来ない、目に見えぬ存在を「ある」というのだから旗色が悪いのは当然かもしれない。科学万能、合理主義のはびこる現代では。

ある時、嵩にかかった否定派に向って、腹に据えかねた肯定派の一人が、否定派の物理学者に向って叫んだことがあった。

「あり得ないと思われていることや未知のものを究明しようとするのが科学者というものじゃないのか！」

その通りである。科学は未知への夢や好奇心、探求心によって進歩してきたのだ。宇宙には人智《じんち》が及んでいないことが山のようにある。だからこそ科学する人の胸は弾むのではないのか。現在の知識がすべてなのか？　ここでオシマイとはいえないのが科学者ではないのか？

百年前の人々には人類が月へ行くなど夢想譚《たん》だった。テレビ電話というものがあって、居ながらにして遠方の人と話が出来るなどといえば狂人あつかいされただろう。だがそれが目の前にある今は誰もが信じる。人間が神を超えて生命を造り出せるようになったといわれても、もう誰も驚かない。期待するムキさえある。だいたい神を怖《おそ》れる心など持ち合せがなくなっているのだから。科学が更に発達して、例えば霊魂が見えるメガネのようなものが発見されれば、その時はじめて信じるのだろうか。

世の中には「ふしぎなこと」は幾つも実在する。昔も今も変りなくある。科学万能の世になるまでは、ふしぎなことはふしぎなこととして素直に受け容《い》れる心を人は持っていた。しかし今はふしぎなことをそのまま信じてはいけないと大多数の人が思っている。無理にも理由をつけてわかったような気になるのが知識人だと思う人が多い。ふしぎをふしぎという人、このふしぎは科学を越えた現象だと考える人は嘲笑され、無智の徒として黙殺され、片づけられてしまう。

去年（二〇〇〇年）の秋、岐阜県の富加町《とみか》という人口六千人の町の町営住宅でふしぎな現象がたてつづけに起った。そのニュースはテレビや週刊誌を通じてあっという間に全国に流れ、富加町は忽ち《たちま》好奇心の渦に巻き込まれた。その町営住宅は四階建て、二十四世帯が入居しているが、一九九九年の春に完成して入居者が入った後、しばらくしてから昼夜を問わず奇怪な現象が起きるようになったという。はじまりは物音である。ガラス瓶が転がるような音、鋸《のこぎり》で切るような音、金鎚《かなづち》で叩《たた》くような音、カンカン、ドンドン、パチパチ、バシーッ、バシバシ、バシーッ、天井を歩く足音、かと思うと子供が走り廻る足音など七種類に上ったという。自治会長のTさんははじめのうち、どこかの部屋の子供が走り廻っているのかと思っていた。それにしても煩《うる》さくて眠れない。子供のいる人に訊《たず》ねると、うちの子は早くから寝ていますという返事である。そうしている間にも物音はますますひどく激しくなり、しかも夜通しつづくのでとても眠れたものではなくなった。仕方なく焼酎《しょうちゅう》を飲んでベロベロに酔っ払って寝ても、目が覚めてしまうほどの音である。

その怪音は大多数の世帯で聞え、そのうち異常な現象が起るようになった。風もないのにカーテンが動き、襖《ふすま》が開く。四階のMさんの家では食器棚の戸が突然開き、中にあった皿や茶碗《ちゃわん》が二メートルほども飛んで、落ちて欠けた口がコの字型になっていた。また同じ四階の別の部屋では電源が入っていないドライヤーが夜中に作動を始めた。階段に女が坐《すわ》っているのを見た人、いや、自分は自転車置場で見た、あるいは男の顔が天井から覗《のぞ》いていた、表を女が走っていた、と奇怪な現象を目撃した人は日を追って増えていき、住民のうち六世帯が一時退避をするという騒ぎになった。

そこでこの現象を解明するべく各界の識者が招かれた。日本音響研究所所長の鈴木松美氏は、

「ピシッという音はベランダにある各世帯の仕切りボードが熱で伸縮する際に枠のひずみが拡大して出る音である。天井からの音はウォーターハンマー現象といい、ある世帯が水を使うと水道管の中の水圧が変化し、それを調節しようとする時に音が出

る」

　というような説明をし、早稲田大学の物理学教授大槻義彦先生は、

「茶碗が飛んだのは低周波が原因である。位置関係で低周波に物体が共振すると、物体自体が振動する。茶碗が飛んだという食器棚の扉は開きやすいマグネット式なので、低周波で扉が開いて扉と接触していた茶碗が落ちたのだろう」

　という意見である。この場合は茶碗や皿が扉に接触していることが必要であるが、Mさんは皿や茶碗はいつも扉よりも奥に置いているという。たとえ何かのはずみで接触していたとしても、それが二メートルもフリスビーのように弧を描いて宙を飛ぶものだろうか。そして欠け口がコの字型になるものだろうか？　そのことについての説明はない。

　また信州大学の菊池聡助教授は幽霊について心理分析をし、

「いったん怪奇現象と思えば何でもそう見てしまうのが人間というもの。テレビに出たことで全国の新築マンションでも同様の騒ぎが起きないかと心配する」

と余計な心配をされ、立命館大学の安斎育郎教授は、

「この際、第三者的な機関に依頼して徹底的な科学調査をするべきだ」

と総括されたという。（週刊朝日十一月三日号に依《よ》る）

しかし有識者の先生方にそう分析されても異常は異常のままである。町でもほうっておくわけにはいかず、業者を頼んで調査をしたが、「コンクリートと内装の板の膨張率の違いで音が出ることはあるが、構造上の欠陥は見当らない」というに止《とど》まった。

この事件がマスコミによって広まると、祈禱師《きとうし》や霊能者が次々に押しかけてくるようになった。昔、この土地が栗林《くりばやし》だった時代に首を吊《つ》って死んだ女がいる。住民の誰彼が見た女の幽霊はその首吊《くびき》り女で、彼女の怨念《おんねん》がさまよっているのだという説もあれば、刑場の首斬り場だったという説。四百年前に無念の死を遂げた（自分で作った刀で試し斬りされた）刀鍛冶《かじ》と、冤罪《えんざい》で処刑された男。秀吉の弾圧で死んだ二人のポルトガルの宣教師。この四人の怨霊が原因だという説もある。騒ぎが始まってから、この住宅を訪れた霊能者祈禱師の数は五十人に上り、自治会長のTさんが来訪者から受け取った名刺は三百枚を数えたという。そして事件は野次馬根性の餌食《えじき》になっただけで、はや忘れられている。

この騒動を知った時、私は何となく気持が昂揚《こうよう》するのを覚えた。というのも私自身、この住宅に起ったような現象を散々体験してきているからで、私の場合は私一人の体験だったが、今回は何人もの人の同時体験であるから、心霊現象に対して真面目な研究がされるきっかけになればいいと思ったのだ。こういう大がかりな超常現象があからさまに起ったということは、あるいは人々に考えるチャンスを与えようという天の企図かもしれないと考えたりしたのだった。

しかし結果はマスメディアが駆けずり廻り、野次馬が右往左往し、霊能者を自称する人たちが押しかけて、てんでに祈りを上げ、一般の人はそれらをテレビのワイドショウで楽しんだだけで終った。そして折角のふしぎを「考えるチャンス」は消えてしまった。


昭和五十年（一九七五年）、私は北海道の浦河という町の山の中腹に、夏の間だけ暮す山荘を建てた。今から二十六年前、私が五十一歳の時である。それがきっかけで私はさまざまな超常現象に見舞われるようになり、人生観を変えざるを得なくなった。そのへんの事情は今までに何度か書いたことがあるが、大方の読者のためにもう一度改めて状況を説明しようと思う。

家が建ち上った五十年の夏、高校生だった娘は四人のクラスメイトと一緒に建ったばかりの家に入った。私は仕事で三日ほど遅れて行ったのだが、娘は私が着くのを待ちかねていたようにこの家はおかしい、へんなことが起るといった。ここへ来た夜、座敷で皆と寝ていたら、窓の外を人が歩く足音がした。それも砂利の上を歩くような、ジャリッジャリッという音で、こんな夜更《よふ》け、人里離れたこの山にいったい誰が来たのだろうといい合っているとそのうち、水がジャアジャア流れる音が聞え出した。散水口は表庭にあるけれど裏には何もない。へんだ、おかしいといいながら眠ってしまったんだけど……という。

そう聞いても私は「ふーん、おかしいねえ」といっただけだった。その頃の私にはそのたぐいの話は面倒くさいだけだったのだ。

その夏はそれだけでほかには何もなかった（あったのだが気がつかなかったのかもしれない）。

翌年の夏、山荘へ行っていた私は、途中で所用のために東京へ帰った。留守をしていたのは夏の間だけ手伝いに来ていた小説家志望の若い女性である。私が用事をすませて山荘へ戻ると彼女は留守中の出来事を報告した。

彼女は毎晩、午前三時頃まで小説を書いていたが、ある夜、屋根の上をノッシノッシと人が歩く音がした。怖いのでパトカーを呼び、周辺を見廻ってもらったが何の変ったこともない。怖い怖いと思っているものだからそんな音を聞いたんでしょう、と警察官は笑って帰り、彼女は集落の商店などで笑い者になったという。その時も私は「へえェ、そうなの」といって笑っていた。人里から七百メートルも離れた山の中腹、後ろは灌木《かんぼく》の茂る斜面が頂きに向って上っている所だ。鹿《しか》や狐《きつね》の姿を見たこともある。風が吹けば山は鳴る。都会では聞いたことのなかった音が聞えてもふしぎはないのだった。

だがそのうちに今度は私がその足音（らしい音）を聞いたのだった。手伝いのいう通りそれはノッシノッシと重い足音である。余程重量のある者でなければこれほどの音は立たないだろう。私は気がついた。その時私がいた居間の上には二階がない（だから屋根の上を歩いていると思った）。だが私が寝室にしている座敷の上には二階がある。なのに私が居間から寝室へ移って寝床に入ると、ノッシノッシは寝室の真上で聞えるのだ。二階の屋根は急勾配《こうばい》の山型である。歩こうとすればすべり落ちるに決っている。とするとノッシノッシの主は屋根ではなく二階を歩いていることになる。だとすると彼は居間の屋根の上から二階へ移動したことになるのだ。

集落の人にそれをいうと、そりゃ熊《くま》だべさ、といった。別の人は狐だべという。熊や狐がなぜ屋根に登るのかについて彼らは考えない。動物の行動には必ず目的がある筈《はず》だ。熊や狐は何を求めて屋根に登るのか？　食物を求めているとしたら、台所の戸を破る筈である。第一、どこからどうやって上へ上ったのか、屋根の急勾配をどうして歩けるのか。二階を歩いているとしたら、どこからどうして二階へ入ったのか。

私の疑問には誰も答えなかった。いったい何なんだろう、ふしぎだねえ、ともいわない。

「そんなことってあるべか？」

と私は精神状態を疑われて話は終ったのだった。

それが始まりである。

2

今から思うとそれは、私に与えられた最後の「試練」というものだったかもしれない。私の人生は二十歳で平穏が終り、それ以後は波瀾《はらん》と苦闘の連続だった。漸《ようや》く五十歳になって身辺も鎮《しず》まり生活にゆとりが出来て、夏の家など持てるようになった。やれやれ、これから安楽に暮そう、そう思ったのも束《つか》の間《ま》、想像もしなかったわけのわからぬ事態が発生したのである。

それまで私は自分の力に自信を持っていた。山のような借金を背負った時でも、親や兄姉に一文たりとも頼らなかった。金への執着を捨て、損得や世間の評判や常識を無視すれば何も怖いものはない。私はそう広言して生き抜いてきたのだ。

だがわけのわからぬこの現象の前では、その私も不安に竦《すく》むしかなかったのである。

私は初めて怖さを覚えた。怖いのはそれが正体不明の、不可解な状況だからである。深夜の足音に引きつづき、確かに置いてあった物がなくなることに私は気がついた。東京から送った書物などを詰めた八個の段ボール箱を玄関の上《あが》り框《かまち》に積み重ねておいたのが、気がつくと六個になっていた。滞在していた娘の友達が帰った後、五枚のシーツをクリーニングに出すつもりで台所の隅に丸めておいたのが、三枚になっていた。物がなくなるその一方で、つけておいた電燈が消えていたり、前夜、きちんとテラスに揃《そろ》えておいたスリッパの片方が遠くへ飛んでいたり、庭の水道の流し口に嵌《は》められているゴミ除《よ》けの金具が、テラスのテーブルの真中に「これ見よ」とばかりに置いてあったり、毎日、種々さまざまな現象がたてつづけに起り出した。

何者の仕業か？　地元の人は「泥棒だべさ」とか「暇な奴《やつ》が悪戯《いたずら》に来たんだべさ」などといってすましている。だが私は思う。もしも泥棒が来たとしたら（当然ここまで上って来るのには車を使っているのだろうから）、段ボール箱を二個ではなく八個すべて持って行く筈だ。悪戯だとしたら、いったい何のために七百メートルもの夜の山道を上って来て、庭園燈だけ消して帰って行くのか。スリッパの片方だけを遠くへ飛ばして、「今日はこれだけにしとこう」と帰って行くのか？

私は懇意にしていた算命学を研究している知人に電話をかけて状況を訴えた。これは私の神経が病んでいるためか、それとも偶然が重なっているだけだろうかと訊《たず》ねた。知人はちょっと待って下さい、といって少しの間を置いてから、私の期待を裏切っていった。

「私が観《み》たところでは、どうも妖《あや》しい気が満ちているようですね」

妖しい気？　妖しい気って何なのです、と追及する私に彼は、算命学ではこれ以上のことはわからないといった。そうして、

「これはやっぱり、霊能者に相談するのがいいんじゃないでしょうかねえ」

といい、北条希功子《きくこ》さんと美輪明宏さんの名を挙げ、

「今のところ、私の知る限りではこのお二人が最も信頼出来る方だと思いますねえ」

といった。背筋を戦慄《せんりつ》が走った。怖《おそ》れつつもまさかと思っていたことの真ただ中に私は投げ込まれたのだった。

「妖しい気」とは何なのだ。私にわかることはその「気」は私への悪意に満ちているということだった。目に見える怪物や幽霊なら闘う方法があろう。だが正体不明の「妖しい気」に対しては闘うことも謝ることも出来ない。私に出来ることがあるなら、私はどんな困難なことでもするだろう。しかし今はいくらしたくても何も出来ない、何をすればいいのかさえわからないのだった。

私は怖かった。本当に怖かった。娘は学校が始まるので東京へ帰らなければならない。その日は近づいて来る。だが私は怖い怖いと思いながらどうしても帰る気持にならないのだった。なぜ帰らないのか、今でもその時の気持は自分でも不可解である。娘は帰って行った。私はなぜか残った。朝から一日中、居間の椅子《いす》に腰かけて、不安と恐怖に固まって呆然《ぼうぜん》と目の下の牧場の連らなりを眺めていた。まるで囚《とら》われの人のように。実際に私はその「妖しい気」に囚われていたのかもしれない。

――人は死ぬと無になる。

私はずっとそう思っていた。よく考えもせずにそう思っていたのは、そう考えておくのがらくだったからだ。それまで幽霊の話を聞くことがあっても、それはただの「お話」として聞いていた。本当にいるのか、いないのか、考えたこともなかった。本当にいたとしても、私には縁がないと思っていた。

相談の電話をかけた私に、美輪明宏さんはこともなげに答えた。

「佐藤さん、あなたたいへんな所に家を建てなすったわねえ。あなたの家が建っているのは山の中腹で、後ろにまだ山が残ってますね、その山の右肩の方が、何だろう、くらーいのよ。今日はよく晴れた日でしょ。それに西の空の夕焼のなんて美しいこと。右手は海で、左手は草原がひろがってて、遠くに小さく町が見えます。でも、山の右の肩のあたりが……くらーい。ほかは晴れてるのに、何なのかしら、そこだけどんよりとしてくらーいの……」

そして美輪さんは私のそれまでの人生哲学が根こそぎひっくり返るようなことをいった。

「佐藤さん、とにかく東京へ帰っていらっしゃい。そうしてゆっくり相談しましょう。その家の問題だけじゃなくて、あなたに憑《つ》いている霊が背中に重り合ってるのが見えるわ……」

死とは無になることではなかったのだ。肉体は滅びても霊魂は滅びない。人間の主体は肉体ではなく魂である。死ぬと肉体はなくなるが魂は「死後の世界」(四次元世界)へ行く(それが仏教でいう成仏《じょうぶつ》である)。だがすべての魂がそこへ行くわけではなく、この三次元世界に止《とど》まる魂もある。死んでもこの世での欲望や執着、怨《うら》みなどから離れることが出来ない魂がそれで、それを浮遊霊という。また家や土地に執着してそこに居つづけ、地縛霊といわれる霊魂もある。交通事故などで瞬間的に死んだ人の霊魂の中には、自分が死んだことを自覚せずにそのままそこに止まり、たまたま同じような波長を持った人が通りかかると、憑依《ひょうい》して引き込む。「魔の踏み切り」とか自殺の名所といわれる場所は、そうして引きずり込まれた魂が次々に増えて霊団となった場所である。

その他に因縁霊というのがある。本人自身に原因はないが、血のつながる先祖が起した問題が子孫の肩にかかって障害を起す場合である。自分は何もしていないのにそんな、理不尽な、と怒ってもしようがない。先祖はいかに遠くても血のつながった身内であるからには、子孫は責任がなくても連帯責任を負わされるのである。

私が山荘を建てた土地、そこは日本人に滅ぼされたアイヌの集落があった場所で、そのアイヌの怨みが地縛霊となって巣喰っているのではないか？　それに加えて我が佐藤家の先祖が作った因縁が因縁を呼んで、どうにもならない所まで膨れ上ってしまった。その膨れ上った因縁霊が佐藤さんの肩にかかって来ている——。

そう美輪さんはいった。地縛霊と因縁霊、私はその両方を背負っているのだった。

3

北海道の山荘で異常な現象を経験したのがきっかけで、私はその後、旅先のホテルなどで夜通し鳴りつづけるビシッビシッという鋭いラップ音や、電燈の明滅などに悩まされるようになった。私は霊体質になったのである。「なった」というよりも今まで潜在していた体質が顕在化されてきたというべきかもしれない。

人は霊体質の人とそうでない人に二分され、前者は普通の人には目に見えぬものが見えたり、声や物音が聞えたり、霊のために病気になったり事故に遭ったりする。しかし後者は何の経験もしないので、前者への偏見を持つ。両者の間に埋めようのない隔絶があるのはしかたがないことだとこれまで私は思っていた。そのため、心霊についての私の体験談を聞いて、わァ、こわい！　そうなったらどうしよう！　など怖がる人に、

「大丈夫、あなたは霊体質じゃないから」

といっていたが、そのうちある時まで霊体質が出ていなくても、いつ出てくるかわからないという可能性を人はみな持っていることがわかってきた。

すべての人が霊体質なのであって、
一、それが既に出ている人、
二、一生気づかぬままに死ぬ人、
三、今はそうではないが、何かの拍子に出る人、
四、経験はないが知識として持っていて信じている人、
などに分れているらしい。考えてみると私は五十一歳のその時まで、霊について考

えたこともなく話を聞いたこともなく、何の異変も感じなかったから、当然幽霊話などバカにしていた。私は三に該当するのであろう。

さて、北海道に家を建てたことによって私が霊体質になったことは、はっきりした。はっきりしたが、それではどうすればいいかということになると何もわからない。五十一歳のその時まで、私は向う見ずに生きてきた。向うからやって来る敵（苦難）に向って真向《まっこう》から闘ってきた。決して逃げなかった。逃げることは私の気性に合わず、苦しくても突進して行けば必ず道は開けるという確信を持って生きて来たのだ。

だが今、私は何に向って突進すればいいのか、それがわからないのだった。苦闘することを私は辛《つら》いとは思わない。しかし今は体当りをする相手が何なのか、どこにいるのかわからない。それが私を沮喪《そそう》させた。

美輪さんは私に「佐藤さんの先祖は武士ですね」といった。その通り、私の先祖は津軽藩の藩士である。娘の頃《ころ》、「佐藤家先祖由緒書《ゆいしょ》」というのを私は父に書かされたことがあった。それは父が遺《のこ》した「後日のために」と題した布表紙のノートだったことを思い出し、私は父の遺品の中からそれを捜し出した。

先祖　由緒書

本国 奥州本所津軽沖舘村

佐藤平兵衛

為信公御代於沖舘村知行高三拾石被下置其頃沖舘村に御城御取建有之、平兵衛幷忰平右衛門妻子共御城内に住居仕然処檜山《ひやま》勢貳百余騎御城近辺の野山へ砦《とりで》を構へ頻《しき》りに戦を営み候《さうらふ》に付平兵衛御城代へ申上。御味方無勢にて可防様無之、若も討死に及候得は某今夜堀越へ委細御註進申上んとて即夜、堀越へ罷越、高屋豊前を以て右之趣逸々申上候。御前へ被召出稠敷最中に忍び参候條、神妙に被思召御具足一領拝領被仰付早々助勢可致旨《むね》重き御意《ぎよい》を蒙《かうむ》り御前退出仕即夜沖舘へ罷帰り候処否や御助勢にて敵散仕候由御役儀幷病死年月不伝承。

これが我が家に伝わる由緒書の始まりである。要するに津軽為信公の御代（天正七年己卯七月夜）、檜山勢がいくさをし掛けてきたので、知行高三拾石の平兵衛という佐藤家の先祖がこれは一大事と敗けいくさの混乱の中を注進し、その夜のうちに沖舘へ戻り援軍とともに戦い続け、それによって敵は退散したということらしい。

そこから始まって、二代平右衛門は（この人の妻なつは再度の檜山勢との合戦の時に、敵貳拾騎ばかりが堀を泳いで来るのを上から大石、摺臼《すりうす》などを投げて敵数人を堀の内へ打ち落したという功あり）天正十三年乙酉田舎舘追伐の節先登切って城を乗り越え乗り越え敵の首数多取ったという武勇の人で、また文禄年中、肥前名護屋迄《まで》御供仕候由、とあるのは秀吉の高麗《こうらい》攻めに従ったのであろう。

武勇の人はそこまでで、三代四代とぱっとせず、やがて小知行役から三拾俵貳人扶《ぶ》持《ち》の足軽になって行き、七代目佐藤奥弥に到ると、「無調法あり、勤料召上、御目見以上御留守居支配へ格下げ」になり、その後壹人扶持加増になったのも束の間、又無調法あり、御役下、その後またまた無調法があって、壹人扶持を召上げられ、「諸手十一番組足軽」へ下げられる。

八代、九代に異変はないが十代綱五郎清道になって勘定人に加勢されたが、「無調法あり」と役を下げられ、三十二歳で早逝《そうせい》。とやたらに「無調法」が目立ってくる。それから明治維新を経て私の祖父弥六（綱五郎の弟）は綱五郎の遺児二人を養育するべく、未亡人となったかつての嫂《あによめ》と結婚し、明治七年私の父洽六《こうろく》が生れた。

美輪さんは武士は人を殺しているから、子孫が因縁を背負うことが多いのよといった。佐藤さんの背後にはいろんな霊がくっついているけれど、先頭に勘定役の人がいる。多分、勘定奉行でしょう、といわれた。由緒書に、

「十代　綱五郎清道、勘定人に加勢され」

とあるのを見て、粗忽者《そこつ》の私は、いました、いました、勘定奉行が……と美輪さんに報告したのだったが、後日、よく調べてみると「勘定人に加勢され」たのであって奉行ではなかった（佐藤家の先祖に奉行がいる筈《はず》がないと妙に納得したのだった）。

美輪さんの霊視によると、背の高い武士が机の前に端坐して、何やら記帳している。机の上には硯《すずり》や筆や帳面や算盤《そろばん》が置かれているのだそうである。

「この人は部下か、誰かほかの人がしたことの罪を被《かぶ》って死んでいる。早逝している筈ですよ、その無念のために成仏出来ないでいるんです」

と美輪さんはいった。そう聞いて改めて由緒書を見直すと、

「無調法あり御目見以下御留守居一番組支配へ役下げされる」

佐藤さんが怒りっぽいのはこの人が憑《つ》いているためよ、と美輪さんはいった。

だがたとえそうであったとしても、私に何が出来るというのか。いったい私が何をしたというのだ。なぜ私に憑く。なぜ父や兄ではないのか。父や兄のほかに大阪毎日新聞で経済部副主筆、エコノミスト主筆であった父の次兄密蔵もいるし、馬政局長官として従五位勲五等を受けた父の長兄清明もいる。父の弟毅六は営林署所長から、岩手振興木材会社の社長になった人である。父の二人の兄、一人の弟は揃《そろ》って謹厳で努力家である。頼り甲斐《がい》のある人たちだ。なぜその人たちに頼らず、この私に頼るのか。

実に筋の通らぬ話だった。

　読者の中には、いったい何の根拠があって美輪明宏の言葉を信じるのか、という人が少くないだろう。私の友人たちもみなそういった。なぜといわれると私には人を納得させる返答は出来ない。とにかく私は美輪さんを信じた。信じなければならなかった。なぜ信じるのかなどと、えらそうにいってほしくなかった。溺《おぼ》れようとしている者は目の前のものにしがみつくしかないのだ。溺れる者は目の前の救助の舟を疑わない。

　人の好《よ》い人は困ったように、

「ホントにそんなことってあるのかしらねえ」

　と半信半疑にいうだけ、合理主義者は話もろくに聞かずにそっぽを向くだけである。私のいうことを信じて助言してくれるのは美輪明宏その人だけである。たとえその助言が間違っていたとしても私は美輪さんを信じた。信じるというよりも「縋《すが》った」のだった。

　私にはどうやら私に頼り憑いている佐藤家の先祖を成仏させねばならない役目があるようだった。勘定人の綱五郎清道（らしい人）の他にも、いろんな霊を私は背負っているらしい。若い女のひと——髪がまっ黒で十代の終り頃の、ほっそりしていて寂しそうなひとが……と容姿の説明を聞いているうちに、それは私が生れる前に死んだ父の長女（私の異母姉）喜美子に違いないとすぐに思った。後日、美輪さんは私の家へ来て、古いアルバムを見ているうちに、

「ああ、この人、この人」

と指を指したのが喜美子の写真だった。喜美子は私の父に溺愛されていたが、肺を患って十八歳で死んだ。その時父は女優であった私の母（芸名三笠万里子）への殆《ほとん》ど狂恋ともいうべき執着のために家族を捨てようとしており、瀕死《ひんし》の喜美子の枕許《まくらもと》に坐《すわ》りながら、遠くにいる万里子への恋情に苦しんでいたのだ。

「八月十二日
喜美子は八月を過ぎれば治ります、ねえ、お父さんといった時、余の胸はつぶれた。余は万里子のため、我が子の死早かれと祈れり。

これ人道に反する心か」

これはその時の父の日記である。喜美子は父の心が万里子のもとに飛んでいることを知っていた。その喜美子の枕許で父と母とは口争いを始める。母は父を罵《ののし》る。

日記つづき。

「喜美子は静かに目を開いて曰《いわ》く、

『母さんが悪いわ』

喜美子は余を諒解《りょうかい》せり」

そうして八月二十三日、父と母の修羅の中で喜美子は息を引き取ったのだ。喜美子はまた病気のために恋も失っていた。彼女は耐えに耐えて死んで行ったのだ。

その喜美子が成仏していないという。そして私の母万里子もまた、一生の夢だった女優として大成したいという夢を父の一方的な恋情のために遮《さえぎ》られ、拘束されて終った生涯への無念さからまだ解き放たれていないと美輪さんはいった。

晩年（父が死去した後）の母は、長年の父への怨みを忘れたように、「今どきの男」と較《くら》べては、

「お父さんはたいした人やったなあ……勇気、度胸、情熱――今どきの男の倍、いや三倍、四倍あったもの」

と再認識したようにいっていたから、母はすっかり自分の一生を肯定し満足して死んで行ったものだと私は思っていたのだ。

だがソレとコレとは別だったのか。父という男を見直しはしたが、砕かれた夢への執着は残りつづけていたのだ。

二章　心霊世界の扉が開く

1

人は死ぬと「あの世」へ行く。この世は三次元世界、「あの世」は四次元世界で、そこには物質も時間も空間も距離も重力もない。波動の上下によって厳格な縦割制度が作られていて、まず幽現界があり、その上に幽界、更にその上に霊界、神界と上って行くのが四次元世界である。

人が死んで肉体が消滅すると幽体が残る。幽体はエーテル体で（それは人が生きている時、オーラとして肉体の形に添って輝いている）、ひとまず幽現界へ行く。一般に死後四十九日の間は死者の魂はこの世にいるといわれるが、これが幽現界である。「あの世」とは幽現界の上の幽界で、そこへ上ったことを「成仏《じょうぶつ》した」というのだ。死者は現世にいた時の心の波動によって行く場所が決まるから、心の波動が高ければ幽現界を通り越して真直《まっすぐ》に幽界へ行けるが、そういう人は極めて稀《まれ》で、たいていは四十九日を過ぎても幽現界に留まっているという。幽現界から幽界へステージを上げ、そこで霊界へ上る心境に達すると自発的にエーテル体を捨ててアストラル体となって霊界へ上る。

幽現界（現界と幽界の間）は現世での執着物欲などを引きずったままの世界である。そのためになかなか幽界へ上れず、死者の大半はここにいるといわれている。

北海道ではじめて超常現象を体験してから二十五年、美輪明宏さんに始まって十指に余る霊能者、祈禱師《きとうし》、心霊研究家の人たちに接触してきたが、それによって私が信じる死後の世界の情報が右の記述である。かつては家電販売会社の創設者で今は霊性世界の敷衍《ふえん》に努めておられる中川昌蔵氏は、口癖のように、

「私のいうことをアタマから丸呑《まるの》みに信じないで下さいよ。あくまで一つの情報として受け取って下さいよ」

といわれる。この三次元世界から四次元世界を霊能者が観《み》る時、その人は「その人なりの角度」からしか見えないという。ここにある窓から向うを見るようなもので、別の窓から見る人は別の角度からの視野であの世を観じるのだから、十人の霊能者が観るものがすべて一致するとは限らない。次元の違う世界を、山頂から平野を見渡す

ように俯瞰《ふかん》するわけではないのである。

いいですか、あくまで一つの情報として聞いて下さいよ、私のいうことを絶対正しいと思わないで下さいよ、と中川氏は何度も念を押された。

あの世の情報には霊視による場合のほかに、霊能者の守護霊が教える場合もある。霊能者によっていうことが違う場合が少くないのは、教える守護霊の経験の量によるためだという意見もある。守護霊といっても必ずしも格の高い霊ではない。人を守護することによって、自らもまた修行をしている霊だという。

四次元世界は幽現界、幽界、霊界、神界の四つに分れているが、そのほかに暗黒界（地獄）があり、自殺や殺人を犯した者はそこへ行く。それは心霊研究家の間での常識であるが、中川氏によると神界の上に更に菩薩《ぼさつ》界、如来《にょらい》界があり、マザー・テレサは菩薩界から現界に来、使命を果して再び菩薩界へ帰られたという。

この世に生きるということは、執着や憎しみや口惜《くや》しさや気がかり、心配、金欲、色欲、名誉欲に引きずられることだ。肉体を持っている以上それは当然のことで、それらの欲望情念に動かされることが、生きる力になる。あの人は正直で人間もいい、能力もあるのにどうもパッとしないねえ、といわれる人に、欲望が稀薄《きはく》な人が屢々《しばしば》いる。だがこの世での欠点（と見なされていたこと）によってあの世では安らかな世界へ行けるのだとも考えられるのである。
喜美子や母が成仏していないといわれたことは私には納得出来る。現世での悲しみ、不満を浄化せぬままに死んでしまったためである。当節は人に迷惑をかけたくないために、「コロッと逝《い》きたい」と願う人が多いが、病床で苦しみ、死について考え、生への執着を捨てて死を受け容《い》れる準備期間があった方がいい。いくらかでも自分を浄化して死んだ方が、あの世へ行ってからがらくだ、私はそう考えるようになった。

美輪明宏さんによって私の前に心霊の世界の扉が開いたのは自然のなりゆきだった。扉が開いたからには私は入らねばならなかった。いや、考えてみればどうしても入らねば「ならない」ということはないのである。扉が開いても、そこをあっさり通り過ぎる人はいる。覗《のぞ》くだけで深入りしない人もいる。大半の人がそうなのであろう。しかし私は一歩、二歩と入って行った。入って行かないわけにいかなかったのだ。北海道の山荘へ行けば相変らず木の裂けるような鋭い音が昼も夜もピシッ！　ゴトンと鳴り響いている。台所のガス台の上の換気扇が三時間ばかり留守をしている間に外されて床の真中にチョコンと置かれていたこともある。水などない居間のカーペットの上に水溜《たま》りが出来ている。私の山荘はいわゆる「バケモノ屋敷」と化していたのだ。

そんな家、売ってしまいなさいよ、と友人はみないった。しかし人は簡単にいうが、こんな人里離れた山の中腹の一軒家、しかもバケモノ屋敷となり果てたこの家を誰が買うだろう。というよりもそんな家を平気で人に押しつけることがどうして私に出来よう。いっそ閉め切りにして、立ち腐れにしてしまおうと考えないでもないが、家の持主が私である以上は、いくら閉め切りにして離れていても、やはり私の肩にその怨《おん》念《ねん》はかかってくるのだといわれると、それなら逃げずに取り組むよりしようがないと思わぬわけにはいかない。

といっても、わけのわからぬ現象だけを相手では取り組みようがないのである。北海道の山荘ばかりでなく、旅に出ると二回に一回は夜通しラップ音に悩まされ、電気が消えたり、いきなりテレビがしゃべり出したりするようになっている。それはそのホテルの部屋にいる浮遊霊が成仏させてほしくて存在を知らせようとしているからだそうで、それは私が愈々《いよいよ》本格的な霊体質になったことの証拠といえるのだった。

そんな私に美輪さんは法華経に霊を鎮《しず》める力があることを説いて、お題目を唱えることを勧めた。私の家は代々曹洞《そうとう》宗である。しかし死後の世界の存在を否定する曹洞宗では私の悩みに何の助言も与えてくれない。菩提《ぼだい》寺の方丈は私の相談に対して、

「あまりそういうことは気になさらない方がよろしいでしょう」

といっただけである。気にしないでおけるものなら私だって気にしない。だがこの事実を誰が気にせずにいられよう。

ノイローゼに苦しむ人たちに私が同情的なのは、この経験のためである。何ごともそうだが経験をしている人と経験のない人との間に横たわる深い断絶を、私は常に感じるようになった。失恋をしたことのない人には恋を失った人の苦しみは実感としてわからない。健康な人は病人の歎《なげ》きがわからず、金持ちは貧乏人に冷淡だ。私にとっての切実な苦悩が殆《ほとん》どの人にとっては理解の外のことであるのはいたしかたのないことだった。

ただ一人の理解者である美輪さんに教えられるままに私はお題目を唱え出した。お題目は宇宙の神を呼び出す符牒《ふちよう》のようなもので、それを唱えることで宇宙の神仏のどなたかが力を貸してくれる、そのキーワードだと教えられた。すると人はまたいった。その説を信じる根拠はどこにあるのと。それに対しても私は明快に答えることが出来ない。根拠などあってもなくても私はそれを信じなければならないのだ、と答えるよりしようがなかった。少くとも南無妙法蓮華経《なむみようほうれんげきよう》と唱えている間は、私は安心し、希望が持てたのだ。

旅行に出なければならない時、私は欠かさずに塩と線香を持って出た。ホテルの部屋に入ったらまず塩を撒《ま》きなさい、と美輪さんに教えられたからだ。力士が土俵に上る時、塩を撒いて土俵を潔《きよ》めるでしょう、あれと同じよと教えられ、案内のボーイの目を掠《かす》めてサッと撒いた。部屋に入る時にさっと撒くためにあらかじめコートのポケットに入れた手に塩を握っている。しかし塩を握った手でボーイにチップを渡すとお金が塩まみれになるから、左手に既にチップの小銭を握っている。

ボーイがドアーを開ける。

私は一歩入って、ボーイが背中を向けている間に、パッと右手の塩を撒き、と左手のチップをさし出す。ボーイが出て行くと改めて部屋を見廻して、妖《あや》しの気配を窺《うかが》うのだった(ずっと後になってから、なにもそんなにまで慌《あわ》てて撒かなくてもいいのに、と美輪さんに笑われたが)。

「ハイ、ありがとう」

しかしそれによって旅先の日々は静かだったかというと、必ずしもそうではなかった。いくら塩を撒いてもラップ音が消えず、部屋が塩だらけになるまで撒いたこともあるし、一度で消えたこともある。私は絶えず緊張していた。あの音、あの気配はないかと無意識のうちに全身をこわばらせていた。ベッドサイドテーブルの上に塩の袋を置いて寝る。眠っていても神経は働いていて、僅《わず》かな物音にも反応して、手はテーブルの塩を摑《つか》んでいた。まさに「武士は轡《くつわ》の音に目を覚ます」といったあんばいだった。

ゴトン、ゴトンの物音に向って夜通し塩を撒いていて、翌朝になってから音は冷蔵庫に電流が入る音であることがわかった時、（人は笑うだろうが）私は疲れ果ててベッドに腰かけたまま、いつまでも呆然《ぼうぜん》としていた。

その頃まではラップ音におどかされたり悩まされたりすることはあっても、身体にくるということはなかった。だが、そのうち憑霊《ひょうれい》が肉体に及ぶようになってきた。

佐賀県唐津《からつ》市に隣接する浜玉町の旅館に書き下ろし長篇を書くために逗留《とうりゅう》していた時のことである。最初の日、部屋に入って間もなくから烈《はげ》しいラップ音が聞えていたが、その宿を紹介してくれた案内の人がいたために塩を撒く機会がなかった。それはこれまで聞いたこともないような大きい烈しい音だったが、周りの人にはそれが聞えているのかいないのか、聞えているが気に止めていないのかわからない。これは困ったことになったと思っていた。その時から食事中も夜になっても部屋は鳴りっ放しである。眠ろうとすると、そやつは私を眠らせまいとしているかのようにバシッとくる。本を読んで気にするまいとしているが、眠気がきてついウトウトするとバシッ！　仕方なく起きてひたすら夜が明けるのを待つ。やっと朝が来るが、朝が来たからといって元気が出るわけではない。眠れぬために疲労困憊《こんぱい》して小説を書くどころではなくなった。部屋を替えてもらったのでラップ音に悩まされることはなくなったが、今度はラップ音がないのに眠れなくなった。不安感とも疲弊感ともいいようのない脱力が全身を蔽《おお》い、食欲を失い、一日中炬燵《こたつ》に脚を突っ込んで座布団《ざぶとん》を枕《まくら》に畳の上に横たわっているしかなくなった。ただごとではないと思うが、この状態を人（例えば医師）にどう説明すれば理解してくれるのか、理解させるすべがないからただじっとしているしかない。

東京から陣中見舞いに編集者が来てくれると、その間だけ元気が出て、常のように大声でしゃべったり笑ったり出来るのだ。彼らが帰ると再び瀕死《ひんし》の病人のようになる。そんな思いをしているくらいなら、さっさと帰京すればいいじゃないかと読者はいわれるだろうが、それが出来ない事情があったのだ。その年の夏、私は二か月間北海道に滞在したのだったが、それを知った美輪さんが、それは気学からいうと本命殺と五黄殺を剋《こく》すという最悪のことで、台湾で飛行機事故で亡《な》くなった向田邦子さんも同じことをしたのだといってすぐ気学の先生を紹介された。その先生の忠告で私は四十日間、北の気を払うために西南に当る場所にいつづけなければならなかったのである（それを「方《かた》たがい」という）。私は気学の先生に電話をして事情を話し、早く帰りた

いといったが、

「いけません！」

断乎《だんこ》としていわれると、それを押して帰ることが出来ない。私は持ち前の向う見ずな気性を失ってすっかり臆病《おくびよう》風に吹かれていたのである。

帰るに帰れず、四十日の間、私は苦しい日々を送るしかなかった。東京から娘を呼んで気を紛らせ、少し元気が出たところでやっと四十日目が来て私は帰宅した。

私は方たがいをして悪《あ》しき気を払うつもりが、却《かえ》って苦労を背負い込んだのだ。このこと以来、私は気学というものへの関心を捨てた。だが、もしこの時、方たがいをしていなければ、もっとひどい目、命にかかわるようなことになっていたかもしれないじゃないですかといわれると、返す言葉がなくなる。だが私は思った。あるいはそうかもしれない。そうかもしれないが、そんなふうに考えていたら（これから来るかもしれない災難の用心ばかりしていると）、暮しが萎縮《いしゆく》してしまう。人間が臆病になる。もうメンドくさい！　危険が来るなら来ればいい、それでどん底に沈むのなら沈めばいい。それが私の人生ならそれを受け容れよう――。

漸《ようや》く私は本来の私らしさを取り戻したのだったが、かといって幽霊め、来るなら来い、とは思えなかった。それとこれとは別だった。霊は私が無視することを許さない。

相手にするまいとしても、一方的にやって来る。これでもか、これでもか、というように。そのわけのわからなさはやっぱり不気味で怖かった。

浜玉町からやっと帰ったその日から、家中、到《いた》る所で大きなラップ音が始まった。一番ひどいのは私の寝室で、木材をへし折るような音は絶え間なく、音ばかりか電気スタンドがついたり消えたり、電源を切ってある加湿器がポチャポチャと水音を立て、水がなくなった印の赤ランプが点《とも》る。そして浜玉町で味わった脱力感・不安、心臓の異常感がきた。あいにく娘はパリへ行っていない。

私は渾身《こんしん》の力を奮い起して「南無妙法蓮華経」を唱え、部屋が霞《かす》むほどに線香を燃やした。お題目を唱える時は最初、大声を出して相手のエネルギーを壊し、それから慈悲心をもって静かに諭すように唱えなさいと教えられていたが、もう慈悲心どころではなくなった。喧嘩《けんか》腰である。闘いである。ここで弱気を出したらやられてしまう。勝つか負けるか。まさに「どたん場」という気持だった。

朝になるのを待ちかねて私は美輪さんに電話をかけた。すると美輪さんはいつもの、こともなげな口調でいった。

「おやおや、佐藤さん、またいろいろ憑《つ》けて来たのねえ。鎧冑《よろいかぶと》の武将と、それから、これは何だろう……黒い丸い帽子の真中にトンガリがついているのをかぶってる……

ああ、わかった、蒙古《もうこ》の兵隊よ。元寇《げんこう》の役の時かしら。肩から袈裟《けさ》がけに斬《き》られてるわ……」

元寇の役で殺《や》られた蒙古兵だとすると、およそ七百年も昔から浮遊している霊ではないか。その間、玄界灘《なだ》のあたりは幾千万の人が通っている筈《はず》なのに、どうしてその間、誰にも憑かず今になってこの私に憑くのだろう。その私の疑問に対して美輪さんはあっさり、

「そういうものなのよ」

といって笑う。払ってあげるといわれて私は美輪さんの家へとんで行った。祭壇がしつらえてある部屋で、お経を上げる美輪さんの後ろに虚脱したように坐っていた。悪夢の中にいるようだった。しかしそのうち、なぜだ、なぜこんなことになるのかという怒りに似た思いは少しずつ消えて行き、私の頬を涙が伝い出した。美輪さんの慈愛が胸に染《し》みた。なぜ美輪さんがさほど親しくもなかった私のために、ここまでしてくれるのか、それに思い到った時、凍土に春の雨が染みて行くように、私の心は潤《うるお》ってやわらかくなった。

今から思うと美輪明宏さんは私の人生が変って行く最初の案内者だった。私が美輪さんのすべての言葉を疑わずにそっくり受け取ったのは、彼の霊能力への信頼という

よりもあの華美な装《よそお》いの奥にある「慈愛」ゆえだったと思う。それに触れたことによって、私は胸の奥底に慈愛を秘めている人の心に敏感になった。いかに霊能に優れていても、慈愛のない霊能者はまことの霊能者とはいい難いのだ。霊能は神から与えられた能力、使命として与えられた力なのである。だから金や名声への欲望のために使ってはならないものなのだ。

ある時、私は某婦人雑誌の依頼で、当時、優れた霊能者としてマスコミの寵児《ちようじ》になっていた女性と対談をしたことがある。その時、彼女は私にこういった。

「佐藤さんには若くて亡くなったお兄さんがいますね？」

私の四番目の兄は十九の時に女と心中し、女は助かったが兄は死んだ。他に戦死した兄もいるが「若くて亡くなった」というからには久《ひさし》というその兄のことであろう。そういうと彼女はこうつづけた。

「そのお兄さんが佐藤さんを守っていらっしゃいますよ。白いトックリセーターを着て。そしておそばとお煎餅《せんべい》が食べたいといっていらっしゃるから、お仏壇にそれを供えてあげて守って下さってることに感謝して下さい」

「はあ」

と私はいった。その頃、私も多少とも心霊についての勉強をしていたから、自殺した者は暗黒界（地獄）へ行くという知識を持っていた。だが彼女は兄が私を「守っている」という。暗黒界にいる者がどうして守護霊になれるだろう。

守護霊は四つの霊によって構成されており、その中心的役割を果しているのが主護霊である。だいたい四百年前から七百年前に他界した先祖の霊魂が主護霊で、人がこの世に生れる前も現世も死後も守り導きつづけて入れ替ることはないという（また別に、死ぬと主護霊は離れるという説もある）。

キリスト教ではこれを聖霊と呼ぶ。最近まで心理学者はその存在を認めようとしなかったが、今は「上位自己」（ＨＩＧＨＥＲ　ＳＥＬＦ）という表現で認めるようになったそうだ。守護霊団にはこの外に指導霊、支配霊、補助霊が存在する。指導霊は人の趣味や職業を指導し（芸術家には芸術家の霊が、医師には医師の、スポーツマンにはスポーツマンの霊が）、支配霊はその人の運命をコーディネイトし、補助霊は以上の三役の霊を手伝う存在で、さほど古くない先祖や身内、あるいは前世に関わる霊が関与する場合もあるということである。

守護霊は我々よりも高い波動を持っていて、人の未来への水先案内人といっていい。自殺して暗黒界にいる兄がどうして水先案内人になれるのだろう。私を守るほどに力のある霊が、どうしてそばや煎餅を食べたがるのか？　異議があったがあえて何もいわなかった。この女史がテレビで「可愛《かわい》がっていた犬が死にましたね？ その犬があなたのそばで守っていますよ」などといい、若いタレントが感きわまって泣いている場面を見たことがある。また「去年亡くなったおばあさんがあなたを守っている」といっていることもあった。

しかしこの女史はまるきりでたらめをいっているのではないだろう。彼女の霊視には犬やおばあさんの姿が見えるのだろう。だが肝腎なことは、見えるものをどう解釈するかということである。そこに霊能者の本当の力があるのだ。彼女は人の背後に見える霊を、「守っている」と考える場合が多い。守っていただいていることに感謝をしなさい、そうすればますます、守ってくれるようになります、という。しかし、憑いている霊の方としては成仏《じょうぶつ》出来なくて頼っているのに、「守って下さってありがとう」と朝夕、お礼をいわれてはさぞかしもどかしいことだろう。

2

人には「慣れる」という有難い力が与えられている。それから「忘れる」という力も。もしも私がこの二つの能力を人よりも多く与えられていなかったら、私の人生は悲惨の見本みたいなものになっていただろう。神は私にさまざまな苦難を与えながら、それを生き抜くためにその二つの能力を与えて下さった。今、私は心からそれを有難いことに思う。

私は辛抱強い人間ではない。すぐ短気を起してヤケクソになる。世間では私は協調性のない変り者で通っている。人の思惑なんかクソ喰《くら》え、と思っているのだ。自分がこうと思い決めた主義哲学は、たとえ世の常識に容《い》れられないものであっても、顰蹙《ひんしゅく》され憎まれても押し通す。その厄介な性質もあるいは「大いなる意志」に許されたものかもしれない。それがなかったら私は今、こうして元気に生きていなかっただろう。

北海道の山荘の異常現象にやがて私は慣れた。ラップ音は消えたわけではないが、ひと頃の騒々しさはなくなっている。何よりも私は気にしない暮し方に慣れたのだ。

そうして十年経《た》った。その間に私はこの山荘で後に女流文学賞を受賞することになる長篇小説を書いた。受賞の報《し》らせを受けたのもこの山荘でだった。この山荘は悪いことばかりではないのだ。美輪明宏さんの指導に従って、朝夕アイヌの霊が鎮《しず》まるようにとお題目を上げていた効果が出たのだろうと知人はいい、私もそう思った。

十年の間に私はこの地で、町長はじめ町の人たちから、都会では味わえぬ親愛を受けている。丁度十年経った年、私はしみじみとそのことを思い、十年間の感謝の印の酒盛りを開こうと考えた。都会では「パーティ」というがここでは「酒盛り」である。

庭に何か所かジンギスカンの鍋《なべ》を用意して、飽きるまで飲み且《かつ》、食べてもらう。来たい人は誰でもいい、特に招待はしないから、どんどん来て下さいという気持だった。我が庭は一本の紅葉と何本かの源平うつぎがあるのみ、ほかには何もない殺風景でだだっ広い空間である。いくら樹木を植えても根づかず、枯れてしまうためだ。しかしそこからの眺望はなかなかのもので、南に見渡す夏の海、目の下には風に波うつ牧草地、遠く幾つかの放牧場にひねもす馬が草を喰《は》んでいるのが見える。そしてそれらの景色を守るように北の地平には日高山脈が連らなっている。見ても見ても見飽きることのない景観である。暑くも寒くもない、頃合の八月の光に包まれてテラスのロッキングチェアに身を委《ゆだ》ねていると、まさに「至福」という言葉が浮かんでくる。しかもそこは幸運の星に導かれて得たものではなく、奮闘に次ぐ奮闘努力の果に自力で得たものだと思うと、予算不足で家は妙チクリンではあるけれども、いや、却ってそれゆえにこそ至福感はいやが上にも増すのである。

十周年記念大酒宴は大成功だった。知っている人も知らない人も、次々に坂を上って来ては景観を楽しみ、肉を食べ酒を飲み、燃えるような夕焼の中で太鼓を叩《たた》き、歌い踊って一日が終った。それは恰《あたか》も私への「目に見えぬ悪意」が消え去った日であるかのような、楽しいめでたい一日だった。私は六十二歳だった。

その二年後、私は新潮45誌に「こんなふうに死にたい」を書いたが、それは山荘の異常現象をお題目によって鎮めたという満足感の上に成り立ったものだった。それが単行本として刊行されて間もなく、私の前に名古屋の小児科医を名乗る鶴田光敏という青年医師が登場した。鶴田医師は私の「こんなふうに死にたい」を読んで、私の体験した超常現象や死後の世界、心霊についての考え方に共鳴したのだという。鶴田医師の尊父は教育者だったが、その一方で木曾の修験者《しゅげんじゃ》として修行を積み、人の病気や苦痛を癒《いや》す力を得ていた。鶴田さんは子供の頃から、父上の滝修行などに連れて行かれて修行のさまを見て育った。しかし成長するにつれてその土俗的信仰を軽蔑《けいべつ》するようになり、自分は禅に心を寄せるようになっていたという。

鶴田さんが高校二年の時に父上は四十三歳で早逝《そうせい》し、鶴田さんはその後不思議な体験に見舞われるようになった。例えば暗い所で他人のオーラが見え、自分の手からも光が溢《あふ》れ出ているのが見えたりするようになったのだ。丁度その頃、友人の足首にガングリオンという腫物《はれもの》が出来ていた。それを見ると鶴田さんの胸にその上に手を当てたいという欲望が生れ、手を当てて念じているうちにみるみる腫物が消えてなくなって行くという奇蹟《きせき》が起きた。半信半疑で近所の熱を出している嬰児《えいじ》に手を当てると熱が下ったり、老人の腰痛が治ったりした。その力は三、四か月で自然に消滅したが、それから鶴田さんは本格的に心霊の世界へ入るようになったのだという。

「ぼくは学生時代、日曜になると川の畔《ほとり》へ行って、そこの岩に坐《すわ》って本を読むのが好きでした。その川は岐阜県の恵那《えな》市を流れている阿木川です」

鶴田さんはいった。

「川の畔に坐っていると、なぜか、かつて自分はここで死んだ、という想《おも》いがくるんですよ、しかも腹を切って死んだという……」

「岐阜の恵那市？」

と私は驚いて聞き返した。恵那市は私が二十歳の時の結婚相手の、父祖の地である。戦争中（夫が応召中）私は二年ばかりそこで暮した。

「ぼくはその頃、佐藤さんの愛読者でしてね、恵那市の医者の娘にガールフレンドがいたんですが、ぼくが佐藤さんの小説を褒めると、彼女はひどく悪くいうんです。彼女の父親と佐藤さんの婚家先とはとても親しかったんだそうです。それで色んな悪いことを聞いていたんですね」

「そりゃ悪くいうでしょう、夫も子供も捨てておん出た嫁ですからね、私は」

と私が笑うと、鶴田さんも、

「それはそうでしょうな」

と受けて笑った。そのスムースな受け答えが私には気持がよかった。鶴田さんは私と会って特に何を話そうという目的があるわけではなかった。私たちはお互いに心霊体験を話し合っているうちに、旧知の仲であるかのような気分になって行った。それまでたいていの人は私の体験をうさん臭そうに聞くだけだったから、私は「話の通じる仲間」が出来たことがひどく嬉《うれ》しかったのだ。その日以来、私たちはまるで恋愛の始まりのように暇さえあれば電話をし合っては、心霊についての経験や知識を分け合ったのである。

私の家で鶴田さんは美輪さんと会ったことがある。その時美輪さんは鶴田さんのことを、「熱血漢ね。鉄砲玉みたいな人」といい、それから、こんなふうに霊視した。

見渡す限りの銀世界。川が流れている。そのそばを髪が乱れ戦いに敗れてボロボロになった武士がよろめきよろめきやって来る。川の左側に萱葺《かやぶ》きの百姓家がポツンと建っている。家の中の土間の壁に鞘《さや》を被《かぶ》せた長柄《ながえ》の槍《やり》が五、六本懸っている。土間の上は板の間で、囲炉裡《いろり》の前に居ずまい正しく、背筋がスッと伸びた老女が坐っている。そこへよろめきつつさっきの落武者が入って来た。老女は囲炉裡に懸けた鍋《なべ》の中のものを碗《わん》によそって落武者にさし出す。彼はそれを食べ終るとその家を出て、また川に沿って歩いて行く。暫《しばら》く歩いて、川の畔に正坐して、割腹して果てた……。

美輪さんはいった。

「その老女が前世の佐藤さん。落武者は鶴田さんよ。鶴田さんは前世で、佐藤さんに恩があるの……」

私はいつか鶴田さんがいっていたことを思い出した。阿木川の畔に坐っていると、なぜか、かつて自分はここで死んだ、という想いがくるんですよ、しかも腹を切って死んだという……。

するとその時、鶴田さんがいった。

「そういえばぼくの下腹にま横に傷痕《きずあと》みたいなものがあるんですよ。まるで切腹の痕みたいな」

鶴田さんはズボンのベルトをゆるめ、シャツの裾《すそ》をめくり上げる。確かにま横に一筋、二十センチほどの傷痕のような窪《くぼ》みが穿《うが》たれていた。

「これは生れた時からあったんです。何だろうって皆でふしぎがったっておふくろがいってました」

と鶴田さんはいった。

3

我々の肉体は物質であるから、やがては老化して消滅する。しかし魂はその肉体の死と同時に四次元世界へ帰り、百年か二百年くらい経ってから再び肉体に宿って三次元世界であるこの世へ生れて来る。そのくり返しを転生輪廻《りんね》という。

人が転生するのは、魂の浄化向上のためだといわれている。浄化向上の実が上るにつれて四次元世界でのステージが上り、やがては幽界から霊界、更に神界へと上って行けるが、浄化が不十分であると何度も生れ変り死に変って修行をつづけなければならない。

この世に生きるということは当然肉体を持つということで、肉体を持てば欲望や感情を持つことになる。それに引き摺《ず》られ、この世の現実の中で苦しんだり喜んだり憎んだり、欲望に負けたりうち克《か》ったり、考えたり迷ったりしつつ切磋《せっさ》琢磨《たくま》して波動を高め、魂を浄化するのがこの世を生きることの意味目的であるという。そういう仕組みの中に人はいるのだ。

いやだといっても、信じないといってもそういうことになっているのである。だから人生は苦しみに満ちていてそれでよいのであるらしい。欲望を持つ肉体と大脳は魂の学習のために必要なのだ。「魂は霊性の進化をつづける旅人だ」といわれる所以《ゆえん》である。

この世に生れて来た時は、前世の記憶は消されている。だが記憶とは別に魂には多くの先祖からの想念や前世の想念がインプットされており、魂はそれらの波動の集合体なのである。前世の記憶は消えているが、波動が動く時がある。俗に「前世の因縁」といわれ、恋愛、結婚、重病など、人生の転機にそれが動くという。

そういえば今、気がついたことだが、以前美輪さんから、私は前世でアイヌの女酋《しゅう》長《ちょう》だった時があったと霊視されたことがあった。前世の私は額にハチマキをして背に矢を負い、唇のまわりに入墨をして馬に跨《また》がっている。どうやら彼女は前の酋長の娘か妻で、父親か夫かがいくさに敗れて死んだために、それに代って部族を統率しなければならなくなったらしい。アイヌの女性は男性の蔭《かげ》で家事と育児に携っているもので、穏和で表立つことはないというのに、この女は馬に乗っている。その左に髭《ひげ》を垂らした老アイヌ、右に二、三人の男を従わせて。美輪さんはいった。

「だから佐藤さんがその土地に家を建てたんだわ。因縁で」

魂は輪廻転生しているから、アイヌの女酋長だったことも武士の一族だったことにも不思議はない。前世の生きざまや性格、趣味などは今生の魂にたいてい残っているものだと美輪さんはいった。例えば美輪さんが何人かのファンに囲まれて話をしていた時、その中の一人の女性の前世が見えて来た。江戸は元禄の頃の下町娘が、かんざしをいろいろ並べて楽しんでいる光景である。そこで美輪さんはその人に訊《き》いた。

「あなた、もしかしたらきれいな装飾品が大好きで、集めていらっしゃるんじゃないですか？」

するとその女性はびっくりして、私はリボンが好きで、沢山集めています、といったそうだ。

そういう話を聞くと、馬に乗っていた女酋長（しかも彼女は戦いに打って出て敗れて死んだという）はこの私の人生とどこか繫《つなが》りがあるようだし、一碗の粥《かゆ》を恵んだ囲炉裡端の老女の、「背中がすーっと伸びていて姿勢がいい」という特徴も、「佐藤さんはほんとに姿勢がいいわねえ」とよく人からいわれる私には納得出来るのである。

霊視によるアイヌの女酋長と落武者の登場は、まさに私の人生が重大な転機に当っていることを示していたように思われる。後に鶴田さんは、

「ぼくが現れたために、余計、厄介な事態が起るようになったんじゃないでしょうかね」

といったが、その「厄介な事態」は私にとって必然だったことが今はわかる。だが現象面から見ると、確かに鶴田さんのいう通りの展開になったのだった。

それまで少しずつ沈静化し始めていた山荘に再び異常が起り出したのは鶴田さんの登場の翌年（昭和六十三年）からである。恰も沈潜してマグマを蓄えていた火山が、飽和点に達して鳴動し出したようにそれは始まった。

その夏、私は鶴田さんを山荘に招いて、何かの異常を経験してもらおうとしたのだったが、その時はラップ音も鳴らず全く静かなひと夏だった。だが帰宅した鶴田さんの家では、突然、今までになかった現象が起きたのである。鶴田夫人が何気なく床に置いていたハタキの頭が突然、パタパタと動き出した。それにつづく日曜日、この日は鶴田さんも在宅していたのだが、昼過ぎ、部屋の換気口からゴーッという音と共に風が吹き出して来た、と思う間に家屋が振動し出し、夫妻は地震かと二人の幼な子を抱えて庭に飛び出した。しかし隣近所は何ごともなく静かである。家々も樹々《きぎ》も揺れていない。

それは再び異常が始まる前ぶれのようなものだった。その年はその後異変は起らなかったが、それによって鶴田氏と私は「共通体験者」として、いうならば遭難船に乗り合せた者同士というような絆《きずな》に結ばれたのである。前世の「一碗の粥」に象徴される因縁が、まさしく我々の間に存在するようだった。

その翌年、平成元年八月末のある日のことである。山荘にいた私は電話をかけようとして、いつもストーブの上に置いてあるコードレス電話がないことに気がついた。コードレスであるから、別の場所に持ち運び出来る。娘が寝室へ持って行ったまま忘れたのかと思って訊くと、私は知らないわといった。

それから二人で捜し廻った。この家に住んでいるのは私と娘の二人だけだ。部屋は十七畳ばかりの居間のほかに座敷と小部屋が二つ、それと二階があるだけである。夏の間だけの住居であるから家具も数はない。しかもモノは電話だ。戸棚や押入れにしまうわけがない。二階は客間で、平素私たちは入らない。

二日前に文藝春秋社の中井勝さんとカメラマンの井上さんが来て一泊して行った。井上さんは見るからに山男然とした人で、この時も前日にどことかの山から降りて来たばかりだといっていた。もしかしたら井上さんが山から何かヘンなものに憑《つ》かれて来たのかもしれない、などと考えて私は中井さんに電話をし、かくかくしかじかと説明した。中井さんは、

「確かにストーブの上にありました。ぼく、憶《おぼ》えてます。しかしぼくは電話は使っていませんよ」

といって笑う。そのうちにどこからか出て来るだろうに、まったく、佐藤さんときたら……と思ったにちがいない。

それから再び気をとり直して娘と一心に捜し廻った。しつこいタチであるから、そうなるとほかのことは手につかなくなる。気がつくと午後ももう遅い時間になっていた。朝はパン一枚、昼食は食べていない。それでも空腹は感じないほど夢中だった。

とうとう捜す場所はなくなってしまった。それでも諦《あきら》め切れず私はソファのクッションをひとつひとつ剝《は》いで行った。クッションの下になんか電話が入るわけないよねえ、といいながら。それでも三脚のソファのクッションを剝ぎ終ると、やめずに長椅《ながい》子《す》に取りかかった。これは遠藤周作さんの使い古しを貰《もら》ったもので、もとは二百万円もしたフランス製だ、という触れ込みではあったが、相当にガタがきている代物《しろもの》を表だけ家具屋に貼《は》り替えさせたものである。

フランス製だけあってたっぷりと大きく、クッションが三つ並んでいる。それを取り去るとクッションを載せている台が現れる。そこいらに溜《たま》っているゴミを手で払いながら、「何をしてるんだろう、私は。こんな所に電話が入ってるわけがないじゃないか」と思っている。そのうちになぜか（全くなぜかとしかいいようがない）私の手はそのへんをなで廻しながら長椅子の右端の肘《ひじ》かけのつけ根の隙間《すきま》に入っていた。何しろガタがきている古ソファであるから、スルリと手が入ったのだ。

と、何やら固い物が手に触る。

何だろう？　と思うより先に私の手はそれを摑《つか》んでいた。引き出すと、電話だった。

「あったァ！」

思わず私は叫び、

「えーッ、どこにィ？」

と娘が走って来た。私は握った電話を娘に向ってさし上げ、

「ここ！　ソファの中！」

娘は声もなく、眉《まゆ》を寄せただけだ。

「どうして？　そんな所に……」

どうして、といわれても私にわかるわけがない。

「とにかく、ここにあったのよ」

とくり返す。

「でも、どうして、そんな所に入るの？　入らないでしょう、こんな大きなもの」

験《ため》しに電話をもとの場所へ戻そうとしてみたが、いくらガタがきたソファだといっても、人の力では（隙間に指は入っても）電話を押し込むことは出来ない。

恐いというよりも、私はただただ呆気《あっけ》にとられていた。もしも誰かが悪戯《いたずら》気を出してここへ押し込んだのだとしたら、その人は超能力者だ。

日本広しといえども、こういう奇想天外な現象に出くわした人はまずいないのではないか？　この話をしても（美輪さんと鶴田さんのほかは）誰も信じないだろう。そう思うと私に向って迫って来るものの、悪意ともいうべき強い意志の力に呆然《ぼうぜん》とするばかりだった。

気がつくと夕闇《ゆうやみ》が迫っていた。娘はお腹《なか》が空いたという。だが電話捜しで一日暮れたために買物に出ていないから、食べる物は何もない。町へ行って何か食べようということになった。町までは約十キロ。億劫《おっくう》だがそうするしかない。立ち上って支度を始めると、娘がやって来ていった。

「車のキイがないの……」

キイは居間のテーブルの端のポットのそば、急須《きゅうす》や薬缶《やかん》や専用湯呑《ゆのみ》などを載せた丸盆の中にいつも置いてある。だがそれがないのだ。

今度はキイ捜しになったが、娘がスペアキイがあることを思い出して、寝室へ取りに行った。暫《しばら》くすると浮かぬ顔で戻って来ていった。

「ない――」

「ない？　ほんと？」

「手提げの中に入れてあったのに……」

「ないの？」

「ない……」

それでは我々はどこへも行けないことになる。この山の上の一軒家に閉じ込めて、電話も使えず、山を降りることも出来ないという状況に我々を追い込む意図だったのか？　この集落には「何かあったらいつでも走って来るから遠慮しねえで電話しろ」といってくれている人が何人かいる。だがその人たちにいったい、何といってこの状況を呑み込ませればいいのか。私にとっては異常だが、他人にとってはたかが車のキイが二つ、なくなっただけのことだ。騒ぐほどのことじゃない。

電話が長椅子の中にあったなんて、どういえば信じてくれるだろう？

「とうとうおかしくなったんでないかい？　いつも変ったことといってたもんな」

といわれるのがおちだ。

その時、「もしや？」という思いがきた。立ち上って、さっき電話が出てきた長椅子のクッションを剝がし、肘かけのつけ根に手を突っ込んだ。中は袋のようになっている。底をまさぐるとすぐ指先に触れるものがあった。金属の感触。キイだ。

取り出して見定め、もう一つを探る。それもすぐ指先に触った。二つのキイを手のひらに載せて、私は娘に向って、

「ほら！」

　とさし出した。

「あったの！」

「あった……」

　その時の私の顔は、まるでストレートパンチが決った素人《しろうと》ボクサーのようだったと、後で娘はいった。

　私と娘は車に乗り込んだ。私は「不動明王」のお札をスカートのウエストに挟み込んで、

「南無大日大聖不動明王！」

　力を籠《こ》めて唱えつつ、車は山を降りて町へと向ったのであった。もう南無妙法蓮華経では心もとない。不動明王の忿怒《ふんぬ》の相、右手に降魔《ごうま》の剣、左手に縛の索《さく》を握って悪魔を降伏《ごうぶく》せしめんとするその力を恃《たの》むしかないという心境だった。

　そうして私たちは町へ行き、宝龍ラーメン店で味噌バターラーメン（娘は大盛）を食べて帰って来たのであった。

　後にこの話を遠藤周作さんにしたら（そもそもあんなボロソファをくれるからこんなことをされたのだ、といいたかった）、遠藤さんは、

「そんな思いまでして飯食いに出たんなら、もうちィとマシなもん食えや」

といった。遠藤さんはその時、私の話を信じたかどうか、私にはわからない。

4

鶴田さんは私のために日本で屈指の女性霊媒といわれる寺坂多枝子女史に相談をかけてくれた。その霊視によると、私の山荘のあたりは死屍《しし》累累《るいるい》、アイヌの集落が全滅した様子が見え、これはどうやら佐藤家の先祖とアイヌとの因縁であるらしいといわれた。

そして、佐藤家の先祖があの世で苦しみつづけていること。佐藤家の先祖はアイヌを殺戮《さつりく》し、殺されたアイヌもまた苦しんでいること。あの世へ行くと殺戮された者よりも殺した者の方が余計に苦しむものであること。その因縁が浄化されぬままに増幅して行くのを佐藤家の大先祖は見かねて、佐藤愛子にその浄化の役目を負わせたこと。佐藤家の浄化をする前に、しなければならないことがアイヌの浄化であること。そしてそれはさし迫ってきていること。

私は何も疑わずその言葉を信じた。私がかつて足を踏み入れたこともなかった北海道の、親戚《しんせき》も友人知己も、一人としていないこの山に山荘を建てようと思ったこと、そのことひとつを考えただけでもこれは異常なことだった。その前年まで私は、別れた夫の倒産による負債を払いつづけていたのがやっと払い終って、いつも空っぽだった預金通帳に若干の金が記載されていた。私は僅《わず》かに溜《たま》っているその金で夏の家を建てようと思い決めたのだったが、考えてみれば、それも常人の考えることではなかった。その時に既に私の歩む道への扉が開いていたのだろうか。

私を北海道へ案内したのは競馬界で名高い調教師の武田文吾である。武田さんは馬好きだった私の父に、まるで息子のように可愛《かわい》がられていた人だ。武田さんはある時私が、もう東京の生活はいやになった、一年の三分の一でいい、どこか人里離れた土地で暮したい、といったのを聞いて、一方的に私を北海道へ連れて行き、親しい牧場主に土地を探させた。そうして気が乗らないままに仕方なくついて歩いていた私が、突然、目が醒《さ》めたように、

「ここ！　ここに決めます！」

といったのが、この土地である。その決めようにもただならぬものがあったと思う。しかしその時は、

「それにしても愛子さんらしいねえ。パッと見てパッと決めるとは」

という武田さんの一言で誰一人怪しみも心配もしなかったのである。

そこは人里から七百メートル離れた山の中腹。電柱だけでも十本立てねばならず、水道は三か所にモーターを設置しなければ水が上らないという厄介な土地である。しかし私も武田さんも工務店の大工も何も考えずに、すぐに建築にとりかかった。途中で予算がオーバーし（電柱十本に水道モーターが三か所必要であることが、建て始めてからわかったというい加減さ）、かといって預金通帳は既に空っぽである。それでも挫《くじ》けず私は、それなら天井なしにしますといい、天井のない家を建てた。二階は内壁もなく、ポスターを貼って内壁代りとし、床板は倹約して古い畳表を敷いた。何とか形をなしているのは階下の居間だけである。そんなにまでしてその家に固執したことは、やはり常軌を逸していたといえるだろう。人々は驚いたり呆《あき》れたりしながら、佐藤さんはとにかく奇人変人だからねえ、といって結局は面白がった。しかし本当は奇人変人のせいばかりでなく、私は私の使命に向って引き寄せられていたのだった。

鶴田医師から私の山荘の超常現象について相談された寺坂多枝子女史はそれはアイヌの怨念《おんねん》が起す現象であり、それを浄化せねばならぬ時は「さし迫ってきている」といわれたという。そういわれれば「さし迫ってきている」らしいことはその異常現象の強さと頻度を見ればよくわかる。しかしいくら「さし迫っている」といわれても、この後どうなっていくのか、どうすればいいか私にはわからない。寺坂女史は、「霊能者は単なる拝み屋であってはならない、拝み屋の域から出てアカデミックな心霊学問を学び、学をもってその地位を築くべきだ」という信条の人で、英語が堪能《たんのう》のこともあり日本心霊科学協会の代表として心霊学の本場であるイギリスへ渡って心霊研究を重ねて来た人である。

女史は、テレビ局から乞《こ》われて出演したことがある。その時に秋田に地震が起きることを予言したが、テレビ局はなぜかそのくだりをカットした。予言通りひと月後に秋田沖に大地震が起きて死者が出た。テレビというものはただ面白おかしい見世物にするだけのもの、ディレクターがこういえ、ああいえ、と注文するだけでなく、その注文から外れるとカットされる。それ以後、女史はテレビ出演を一切断るようになった、そういう人である。

私の山荘の異変について女史は、

「私が（浄化に）行ければいいんですけど、自信がありません」

と卒直にいわれた。その時女史は七十歳、病弱で体力的に自信がなかったのか、それとも老齢にさしかかって怨霊《おんりょう》を鎮《しず》める力が落ちてきているという自覚からか。つまりそれほど強い、一筋縄にはいかぬ怨霊だということのようだった。それならば誰か強力な霊能者を紹介してもらいたいと願ったが、これほどの怨霊を鎮める人は思い当らないという返事だった。

それでも夏になると私は山荘へ出かけた。夏になると私は去年の怖かったことを忘れて、行く気になるのが不思議だった。次々に起る異常をいい散らしながら、平気で山荘へ出かけて行く私を見る人たちは、あんなことをいっているけれども本当はそうたいしたことではないのを、オーバーにいっているだけだと思ったにちがいない。友人や編集者の人たちも平気で遊びに来た。そしてその人たちが滞在している間は異常現象は何も起きないのだった。

一度だけ、集英社の村田さんという女性編集者が訪ねて来た時だけ、台所の換気扇が外されて床の上に置かれていたり、誰も風呂場にはいないのに（村田さんの耳に）湯を流す音が聞えたりして、村田さんは蒼惶《そうこう》として帰京して行ったことがあったが、それは彼女が霊体質だったためであることが後になってわかった。霊は霊体質の者からエクトプラズム（心霊現象において、霊媒の身体から発する生命エネルギーが物質化したもの）を取って現象を起す。従って共に霊体質である私と娘に村田さんが加わったことによってエクトプラズムが大量に取れ、目ざましい（？）現象を起すことが出来たのである。

それ以後の日々は何年に何が起ったかを明確にいうことは出来ないくらい出来ごと

が詰っている。ある年、娘と二人で山荘にいるうちに私に火急の用が出来て東京へ帰らなければならなくなった。用事は一日ですむが、東京には二泊しなければならない。三日留守にするだけだがあなたはどうするかと娘に訊《き》くと、娘は行ったり来たりは億劫だからここにいるという。さすがに私は心配なので懇意にしているホテルに頼んで部屋を予約し、二泊させることにして帰京した。用事をすませて戻って来ると、娘は留守中のこんな話をした。

娘は私にいわれた通りホテルへ泊りに行ったが、夜中の十二時近く本を読んでいるうちに急にコーヒーが飲みたくなった。十二時では食堂は閉っている。ルームサービスなどない小さなホテルである。そこで娘は十キロの道のりを車で山荘へ向った。インスタントコーヒーを取りに、である。

「何だって？　行った？　夜中に！」

思わず大声が出た。

「怖くなかったの？　あんたって人は……」

「そりゃ怖かったよ。特にあの坂道を上って前庭に乗り入れる時……ヘッドライトが家を照らし出すと、真暗な中にボーッと玄関と二階の窓が浮き上って、そりゃあ怖かった」

「そんなに怖いのにどうして行ったのよ！　たかがコーヒーを取りに」

娘はそれには答えず、

「家の中に入って行く時も怖かったわ。玄関の電気をつけて居間の方へ歩いて行ったら、居間の中からガヤガヤと人の話し声がするのよ。テレビを消し忘れたのかなあと思ってドアーを開けてスイッチ押したら、ピタッと止ったの。テレビはついていない……」

聞くだけで背中が寒くなる。

「それでどうしたの？」

「戸棚からコーヒーを取り出して、熊の子を持って出たのよ」

熊の子というのは娘が、千歳空港の土産物売場で目と目が合って、その瞬間「わたしを買って」と熊がいっているように思い、高かったがすぐに買ったという縫いぐるみである。

「ホテルを出る時から、コーヒーと、熊の子を連れ出そうと思ってたんだもの」

と娘はいった。

「あんた、怖くなかったの？」

「怖いよ。そりゃあ怖かったわよ」

「なのになんで……」

と私はくり返す。コーヒーくらい、コンビニで買えばいいじゃないか。

「あの部屋に置いておいたら、熊に霊がとり憑《つ》くかもしれないって思ったの。助け出さなければって……」

縫いぐるみには既に霊が憑いてるかもしれないじゃないか！　怖い怖いと思いながら深夜の山荘へ入って行ったのは、憑霊《ひょうれい》された縫いぐるみに引き寄せられたのではないのか？　私がそういうと娘は、

「熊には憑いていない。それは私にはわかるの」

といった。

もしかしたらアイヌの霊たちは娘を引き寄せるために、コーヒーを飲みたくなるように仕向けたのかもしれない。娘を呼んで、この家は自分たちのものだということ、自分たちは一体か二体ではなく、大勢（霊団）であることを報《し》らせたかったのかもしれない。

娘はどうやら私よりも強い霊体質であるらしい。私と手伝いの二人暮しの時はラップ音は鳴るが、それ以上の現象は起きない。だが娘と二人暮しになるとエスカレートするのは、私と娘の二人分のエクトプラズムが取れるから、現象が活性化されるのだ

ろうと思っていた。しかし娘は一人でも十分、霊たちを元気づかせるらしかった。

娘が結婚したのはそのことの前だったか、後だったか、いろんな現象が混線して今はもうわからない。娘は平成元年の秋に結婚した。はっきりわかっていることは、娘がいなくなってから、霊の攻撃は私に集中するようになったことだ。娘がいない我家は昼間は通いの手伝いがいるが、五時以後は私は一人である。

一人になって丁度一週間目のことだ。夜に入ってから始まった頭痛がだんだん酷《ひど》くなってきて、薬嫌いというよりは薬は飲まぬという主義を立てている私が、とうとうサリドンを飲んだ。だが薬は効くどころか、そのうち吐気がきた。吐けばらくになれるかと思って便所に入ったが吐けない。私は吐こうとすると、いつでもすぐに吐けるたちで、だから食中《あた》りなど一度もしたことがないというのが自慢だったのだ。なのにどうしても吐けない。諦《あきら》めて這《は》うようにして二階の寝室へ上って横になったが、息も出来ないような頭痛のために心臓までおかしくなってきた。

若い頃から肩凝り性の私は偏頭痛に馴《な》れている。だがこんな激痛は初めてだった。いつもの偏頭痛ではなく、左の眉《まゆ》の下の骨から、耳、頭の左側全体が万力で締めつけられるようだ。あまりに苦しいので娘に電話をかけた。その声だけで異常を察した娘は、タクシーで飛んで来ると、力任せに私の頸《くび》や後頭部や眉の上を押しまくり、耳を引っぱるなど、何やかやしてくれているうちに、少しずつ頭痛は治まっていった（この娘のわけのわからぬ荒療治はその後も屢々《しばしば》起きる頭痛をよく治めてくれた）。頭痛が消えたので娘を帰し、格闘の後の虚脱に沈んで朝までぐっすり眠った。翌《あく》る朝は頭痛の影もなく、爽《さわ》やかに目を覚ました。

しかし頭痛は忘れた頃にやってくる。今でも忘れないのは松島トモ子さんとの対談の最中に起ってきたことで、もう何をしゃべったかわからない。出来れば帯を解いてその場にぶっ倒れてしまいたいほどだった。どうにか終えて帰途についた。会場の表玄関まで送って来て丁重に礼をいう主催者の長い挨拶《あいさつ》に答える時は「ギリギリの限界」という思いだった。それでも私は必死の笑顔を作りつつ、まさに「笑いつつ処刑を受ける騎士」という悲愴《ひそう》さだ、と思ったことを忘れない。その後あるパーティで松島さんに会ったのでその節の失礼を詫《わ》びたが、松島さんからは何も気がつきませんでした、といわれて安心した。こういう事態に立ち至っても失わない自分の気力に安心したのである。

考えてみればその頭痛は普通ではなかった。ジワジワと左眉のあたりが痛くなってきて、きたな、と思っているうちにガーッとくる。しかし治った後はケロッとしているので医師の診断を受けに行く気がいつか消えている。

「もの凄《すご》い頭痛なのよ」

と人にいっても、

「そうでしたか」

といわれるだけなのは、痛み疲れの跡がどこにも残っていないからだった。

それはおそらく、山荘の怨霊が東京まで飛んで（？）来ての仕業だと私は思うようになった。寺坂女史はいわれた。

「浄化せねばならぬ時が迫っています」と。

にも拘《かかわ》らず何もしない私への苛《い》ら立ち、催促、怒りなのかもしれない、と思う。しかしくり返し書いてきたように、私には何をどうすればいいのかわからない。

私はこの理不尽が受容出来なかった。なんで私を怨《うら》むのだ。あなたたちのかつての集落の跡を崩して家を建てた私は（自然破壊ということも含めて）確かに悪かった。しかし私にとってそこはただ眺望のいい、安価な土地だったのだ。その昔そこに繰りひろげられた殺戮《さつりく》など知るよしがない。私は悪意をもって侵略したのではない。罪なき者を呪《のろ》い祟《たた》るのは理不尽ではないか。

私は金は惜しまない。有難いことに今は怠けずに働けば相応の報酬を得ることが出来る身の上だ。労力も惜しまない。何でもする。但《ただ》しどうすればいいかということがわかりさえすれば、だ。私はもう何年もあなた達に向って朝夕お題目を上げてきた。それだけでは足りないらしいと思って、般若心経も唱えた。そんなマヤカシでは駄目だといいたいために、ここまで私を苦しめるのなら、夢の中にでも出て来て、してほしいことをいえばいいじゃないか。これでは拗《す》ねて八ツ当りをしているだけだ——私はそういいたかった。

その頃私は「敵」という言葉でアイヌ霊団のことを語っていたが、本当は敵というよりも「苦しむ霊団」というべきだったのだ。しかしそれを理解出来るようになるまでに、更に何年かの苛《か》酷《こく》な経験が必要だったのである。

5

北海道新冠《ニイカップ》町の馬頭観音寺という寺の山口順昭さんは山口組といえば知られた土建会社の社長だったが、四十三の時に発心して修験道《しゅげんどう》に入り、熊野大峯《おおみね》山から羽黒、鳥海、岩木、身延《みのぶ》、葛城《かつらぎ》など、役行者《えんのぎょうじゃ》が開いた山を廻って荒行をし、病気や憑依《ひょうい》を癒《いや》す力を体得したという人である。順昭さんの両親は共に優れた霊能力を持つ人で、近在の人たちに頼まれると霊視や加持《かじ》を行っていたが、順昭さんには両親に勝る霊能があるかどうか私にはよくわからない。多分彼は持って生れた霊媒体質よりも修験道の荒行によって力を得た人なのだろうと思う。

私が山口順昭さんと親しくなったのは、いうまでもなく山荘の異変について相談をしたのが始まりである。私は順昭さんが女性に憑いた狐霊《これい》を落すところに立ち会ったことがある。その女性は四十歳余りでなぜか狐霊に憑依され、突然慄《ふる》えがくると止らなくなったり、坐ったままボーンと高く飛び上ったり、その反動でまた飛び上り、飛び上るまいとして力を籠《こ》めたり壁につかまって動きを止めようとしても止まらず、踠《もが》いて飛び、落ちてまた飛び、食事をするのもままならぬという日々に陥ったという。

私がたまたま行き合せた時、彼女は須弥壇《しゅみだん》の前で読経《どきょう》をする順昭さんの後ろで四ツん這《ば》いになったまま両手の指を曲げて畳を掻《か》きむしっていた。狐霊はこれから順昭さんが自分を退治にかかることを察知して興奮しているのである。彼女はケーン、ケーンと吠《ほ》えた。順昭さんは須弥壇の前からふり返り、

「こらーッ！　静かにせえーッ、静かにせんと八ツ裂きにするぞーッ！」

と怒号する。すると女（狐霊）は痙攣《けいれん》しながら憎らしそうにいい返した。

「するんならしてみやがれ、このクソ坊主《ボンズ》！」

「よし、そんならしてやる！　待っとれ！」

といい、順昭さんは破れ鐘《わ》のように叫んだ。

「オン　アビラウンケン、オン　バサラダトバン！」

順昭さんは大男で頑健そのもの、読経で鍛えた大声の持主である。

「クソ坊主！　くたばりやがれ！」

負けずに罵《のの》る女と、

「オン　アビラウンケン、オン　バサラダトバン！」

と叫ぶ順昭さんの声が交錯していたが、やがて、

「クーン……」

と女は一声啼《な》いて鎮《しず》まった。

だがそれは一時的に降伏しただけで、除霊が出来たわけではない。そこから本格的に除霊が始まった。

馬頭観音寺の前には水量豊かな新冠川が流れている。順昭さんは褌《ふんどし》ひとつ、女はズロースだけの姿になって胸まで川へ入り、向き合った。順昭さんは用意して行った油揚とパック入りの卵を桟俵《さんだわら》に入れて女の頭に載せ、卵のパックがずり落ちそうになるのを片手で押えながら、もう片方の手を女の肩に置いて不動明王の真言を唱え、次に竜神の真言を上げた。九字《くじ》を切り、気合と共に女の肩にかけた手に力を籠《こ》めて水の中に押し込んだ。

女が頭のてっぺんまで水の中に沈むと、桟俵は油揚と卵を入れたまま川下へ向って流れて行く。その間に順昭さんは女を引き上げ、手を引っぱって大急ぎで川上に向い、岸辺に上った。狐は水を怖《おそ》れ嫌う。いきなり水に沈められた狐霊は驚いて、頭の上の桟俵に飛び乗る。そして桟俵の油揚や卵と一緒に川下へ流れて行ってしまうのだ。その間に川上へ逃げたというわけである。

半信半疑の私は狐を落された女の顔から、さっきまでの憎々しく吊《つ》り上った目や尖《とが》った口が消えているのを見て驚いた。女は、もともとの人となりを表すような穏やかな、そして恥かしそうな顔つきになっているのだった。

私はこの一件を「ヨシのキツネ」という題で小説にしたことがある。

「油揚に乗ったキツネは、川下へ流れて海へ出て、そしてどうなったのか。ヨシはときどきそのことを考えた。

ヨシはこれから、どうすればいいのかわからないのだった。」

これが小説の結びであるが、私の実感だった。

これを読んだ人は、すべて私の創作だと思っただろうが、これは事実である。北海道のような素朴な土地では、こうした除霊の方法で効果を上げることが出来るのであろうか。後になって気づいたことは、卵や油揚は小道具にすぎず、要は「気迫」の力だということである（ずっと後になって私はその気迫の力で、友人に憑いた浮遊霊を一喝して落したことがある）。

しかしその順昭さんにして、山荘の霊を鎮めることは出来なかった。ある日、順昭さんはアイヌの霊能者だという夫婦を伴って招霊に来てくれた。アイヌのことはアイヌの霊能者でないとわからぬ、というのがその理由だった。霊能者夫婦はアイヌの神を招霊し、その託宣は「熊送りをせよ」ということだといった。

私の浅い知識では「熊送り」とは山で仔熊《こぐま》を拾って来た人間がそれを育て、やがて成長すると殺して肉を食べ、毛皮を利用するのだが、その時、死んだ熊のためにご馳《ち》走《そう》を作り、供物《くもつ》を供え、あの世へ持って行く土産を用意し、踊りや物語をして感謝の気持を表すための祭りを村人全員ですることだと理解していた。それは熊の霊（神様）が熊の形をして、人間の暮しを満たすために降りて来て下さったことへの感謝である。アイヌの人たちにとって「殺す」ことはこの世での仮りの姿である肉体と霊を切り離して、霊をあの世へ送ることなのだ。

従って熊にとっては人間の手にかからずに山奥で老いて野垂死するよりも、捕獲されて殺され、手厚く送られることの方が名誉なのである。そうして送られた熊の霊はあの世へ帰ると土産の供物を広げていろいろな霊を招き、この世での歓待ぶりを語る

（殺されずに死んだ熊の霊は惨《みじ》めな思いをする）。話を聞いた熊の霊たちはそれでは自分もその村へ行ってみようかとやって来る。こうして神と人とが一体化する。

その熊送りによってなぜ、アイヌの怨霊《おんりょう》が鎮まるのか、私にはわからない。わからないが当のアイヌの霊能者がいうのであるから、正しいのだろうと思った。よろずあの世のことは、この世の理屈ではかりかねることが多い。私は熊送りを実行することを考えた。

順昭さんははり切って熊探しを始めた。熊を殺す時は矢を心臓に射込む。すると眠るように倒れる。そうして命が絶えると肉と霊魂を分離する。即《すなわ》ち肉体を解体し、腑《ふ》分《わ》けをし、霊魂は耳と耳の間、前頭部に鎮座しているから皮を畳んでその上に頭蓋《ずがい》を載せて家の窓下に安置する。

順昭さんは私の山荘の真下の牧草地でやればいいといった。牧草地の持主が承知するまいというと、かまわん、一日だけ借りるんじゃ、悪いことするわけやなし、ともう決めている。それにしても熊を見つけても、アイヌの人たちの協力がなければことは運ばない。ならばアイヌの酋長《しゅうちょう》に助力を求めようと順昭さんはいい、「北海道ウタリ協会」の理事長で野村義一というアイヌ系のえらい人が白老《シラオイ》にいるから、とりあえずその人を訪ねて相談し、協力を頼もうということになった。

丁度うら盆の小雨の降る日だった。私は順昭さんの車で白老の野村義一さんを訪ね、委細を話した。かねてからウタリ（アイヌ語で「仲間」の意）の生活レベルの向上に力を尽して来た野村さんは、さすがに成仏《じょうぶつ》出来ていない同胞の霊を心配されたようで、出来るだけの協力はするという約束を貰《もら》った。野村さんが声をかければ、アイヌの人たちも集ってくるし、熊も調達出来る。

私は平常心を失っていた。元来熱血漢で興奮性の順昭さんはもっと失っていた。私が吾《われ》に返ったのは、順昭さんの奥さんから、そんなことをしたら、マスコミは騒ぎ、動物愛護協会からどんな文句をいわれるかわかったものじゃない、といわれたからだった。あえて行うとしてもそのための費用はいくらかかるのか、熊一匹の値段はいくらかさえも私は考えていなかったのだ。

町の図書館に勤める小野寺信子さんは、そんな私と一緒になって心配してくれた一人である。小野寺さんはアイヌの古老に相談してはどうかといい、町で唯《ただ》一人のアイヌの長老（エカシ）葛野辰次郎さんに「カムイノミ」を行ってもらうことを考えついた。「カムイノミ」とは酒や食べ物を神に捧《ささ》げながら祈る行事で、その時、ヤナギやエンジュなどの木を削ってイナウ（木幣）を作って地面に立て、一番目のイナウは火の神さまに、二番目は土（母なる大地）に、三番目は大自然に上げる。アイヌの神さまは火の神さまを初め、水も神さま、雷も神さま、病気の神さまなど、人間生活に関りのあるもの、それがなければ生活出来ないものはすべて神と見なされる。神さまにランクの上下はないが、生活する上で最も近いのは火の神さまであるから、人間の相談や悩み、あるいは抗議などを受けて他の神さまに伝える役目も持っているという。他の神さまと人間との媒介をする重要な神なのである。

葛野エカシの指図で私は小野寺さんが買って来てくれた鰈《かれい》や野菜を煮、果物などを用意してカムイノミに備えた。イナウは葛野エカシが削って持って来てくれることになっている。カムイノミは庭の土の上で行われる。魚その他の供物は祀《まつ》りの後で居合せた人皆で食べた後、そのままにして鳥や獣にも分ち与える。

当日、葛野エカシはヤナギの木を何本か持って来て、庭に並べた供物の前に坐《すわ》ってマキリ（小刀）で削り始めた。一本は火の神さまに、次の一本は母なる大地に、と削っては地面に立てる。イナウはそこへ神を招くのではなく、神のもとへ走らせる伝令の役であるという。

イナウを立てると神さまへ呼びかけ、祈願をする理由、依頼を祈る。これはこの地の霊への供養ではなく、迷える霊を鎮めて下さいと神さまに願う儀式なのである。

と、祈りが始まって間もなく、家の中からドーン、ドーンという得体の知れない音が聞えて来た。それはいうならば玄関の厚い扉に身体を打ちつけるような音である。何だろうと思っているうちに葛野さんの祈りがと切れた。葛野エカシは急に「気分が悪くなった」のである。どんなふうに悪くなったのかはわからない。エカシは、

「出来ない」

といい、呆気《あっけ》にとられている私たちを尻目《しりめ》にさっさと小野寺さんの車に乗って帰ってしまった。

折角煮つけた大鰈も果物も、食べるどころではなくなった。わけのわからなさと不安に呆然《ぼうぜん》としたまま、私と娘は鰈の煮つけを突ついている鳥《からす》を見ているしかなかったのである。

小野寺さんはエカシに仔細《しさい》を尋ねようとしたが、長老はただ「気分が悪くなって出来なくなった」としかいわなかったという。しかし自分の家へ近づくに従って、だんだんよく話すようになり家へ帰った時はもうすっかり元気になっていたそうだ。しかしこのカムイノミの不首尾について、エカシは何もいわなかったという。

私は人から勧められることは、どんなことでもすぐにやる気持になっていた。今でも有難いと思うのは小野寺さんがまるで自分のことのように心配してくれたことで、その心配だけでどんなにか力づけられた。小野寺さんはこの土地でのたった一人の理

解者、味方だった。もう一人の味方鶴田医師は葛野エカシのカムイノミが不首尾に終ったことを聞いてわざわざ名古屋から陣中見舞いに飛んで来てくれた。鶴田さんはどことかの海岸の神域で拾ったという岩笛《いわぶえ》を持参して来て、テラスに立って吹いた。岩笛は神霊を呼んで浄化する力を持っているといわれる。それを吹けば何かの現象が起るかもしれない、と考えて岩笛を吹く鶴田さんの姿を小野寺さんがビデオ撮影した。もしかしてビデオに何か異変が映っているかと考えたのである。だが何も映っていなかったことはいうまでもない。

私は、いや私たち三人は真剣だった。効果があるかと思われることは何でもした。しかし何をしても効果は上らず、まるでそれを嘲《あざわら》うかのように、突然電話が笛のようにピーッピーッと鳴ったり、夜中に枕許《まくらもと》の電気スタンドがピイピイいい始めたりした。

心配しながら名古屋へ帰った鶴田さんは、アイヌ文化の研究家で著名な藤村久和氏に相談することを勧めて来た。藤村氏は北海学園大学教授で著書も数冊あり、アイヌ文化研究の第一人者である。藤村氏ならば何か有効なアドヴァイスをしてもらえるのではないか、と鶴田さんはいった。早速私は藤村氏の連絡先を調べ大学に何度か電話をしたが、なかなか連絡がつかない。既に決っていた帰京の日の前日、藤村氏のことは諦《あきら》めて娘と二人で荷物の整理をしていると、前庭に置いた車から、ドアーが強く開閉する音が聞えて来た。窓から見ると車は何ごともなく前庭に止っている。だがそこからバターン、バターン、という、まさしくドアーを開け閉めする強い音が響いてくるのだった。

その夜のことである。私と娘は二間つづきの部屋で襖《ふすま》を隔てて寝ていたが、夜中の二時頃私は、

「ママ、何か来た!」

という娘の声に起された。娘が眠っていると突然、頭から冷水を浴びせられたような悪寒《おかん》がザーッときた。と同時に胸が強い力で押えつけられ、呼吸が出来なくなった……。

そう説明する娘の声は聞えているが、強力な睡魔に私は縛られて目を開けることが出来ない。夢うつつに娘を私の布団《ふとん》の中に入れ、半睡半醒《はんせい》のまま力をふり絞ってお題目を唱えた。そんな事態が来ているのになぜはっきり目が醒《さ》めなかったのか、後で考えると不思議でたまらない。それなのになぜあんな大声を出せたのかも不思議である。半分眠りに引き込まれながら、死に物狂いで家中に響きわたるような声で寝たままお題目を叫んでいた。電気をつける力も間もないので部屋は真暗だ。その時娘の目に、暗い部屋の中を紐《ひも》が走るように光の筋が走るのが見えたという。そう説明する娘の声

を遠くに聞きながら、私は目も開けずにそのまま深い眠りに落ちて行った。

翌日、出立間際《まぎわ》になって、藤村氏に連絡がついた。気忙《きぜわ》しい中でひと通りの説明をして協力を仰ぐ。藤村氏は不思議なほどすぐに事態を理解し、協力しましょうといってもらえたが、十一月まではどうしても予定が詰っていて身体《からだ》が空かない。十一月には必ずそちらへ行ってアイヌの先祖まつりをするから、それまでの応急処置をして東京へ帰るのがいいでしょうといわれた。その応急処置というのは次のようなことである。

まず酒と塩を用意する。そして愈々《いよいよ》家を出る時にガスに火をつけて（カマドがないから）、

「仕事の都合で東京へ戻らなければなりませんので、これから留守にいたします。留守の間、守って下さる火の神さま、女同士のお願いでございます（火の神は女性）。私が戻ってまいりましたら神さまたちに喜んでいただくようなことを出来るだけさせていただきたいと思います。十一月には何とかご満足していただけるよう努力したいと思っております。神々さまにどうかよろしくお伝え下さいますようお願い申し上げます」

と挨拶《あいさつ》をしてから、水道の水の流れと一緒にコップの酒を少し流し、水を入れ、ま

た流し、水を入れ、少しずつ薄めて流す。塩はそのまま残す。

私は教えられた通りにして、家を出た。いつの時でもそうだったが、その時も私はこれでよくなるという希望を持った。抱いた希望はいつの時もやがて消え去ることになっていたにもかかわらず。とにかく行《おこな》ってみようと思うことが次々に出てくることが、私を絶望から救っていたといえる。私は十一月の先祖まつりの日を楽しみに安堵《あんど》に緊張を解いて東京へ帰った。

平成二年（一九九〇年）十一月十一日、私は藤村久和氏による先祖供養（イチャルパ）を行うために北海道の山荘へ行った。飛行機が千歳に着いた頃は穏やかな秋日和《びより》だったが、山荘に入って暫《しばら》くした頃から風が吹き始め、夜に入って大風になった。その風の中、藤村氏は助手の青年と共に札幌から来られた。痩《や》せぎすの、身なりかまわぬ飄々《ひょうひょう》とした姿に接した時、何ともいえない信頼と安堵感が私の胸に湧《わ》き広がるのを覚え、この大風はすべての災を運び去ってくれるような気がした。

この山荘は昔、アイヌが熊の神さまを祀った所ですね、と藤村氏はいわれた。熊送り（イヨマンテ）をした後の熊の頭は背の高い大木の根元に埋めて、そこを聖地とするのだが、この家の中心の柱が立っているところはどうも熊の頭を埋めた上らしいという。中心の柱というのは居間の東の壁面に、床から天井までレンガを張った暖房用の防火壁のことである。私がこういう家を建てたのはあるいはこの家をここへ建てるべく仕組まれたことかもしれないということだった。

「仕組まれた」というのはどういう意味なのだろう。誰が、何のために仕組んだのかという疑問が頭を掠《かす》めたが、

「この家を正面から見ると社《やしろ》のようですね」

となにやら独り合点の様子なのを見て、藤村氏は学者であるばかりでなく、霊能も備わっている人らしいとわかったので、あえて何も質《ただ》さなかった。霊能ある人は屢々《しばしば》、我々凡俗にはわからない独り合点の呟《つぶや》きをすることがあるからである。

颪は夜通し吹き荒れ、翌日になってもやまず、雨まじりの大風になった。だがその風の中、私が起きた朝の七時には藤村氏は既に助手の青年と共にイナウ作りに精出しておられた。イナウは三十本は作らなければならない。多ければ多いほどいいという。

私のいる集落は漁師の集落だが、漁師の中にアイヌ系の人たちが二十人ばかりいる。特別に親しくしているよろず屋の阿部さんがその人たちに声をかけ、アイヌ系のおかみさん連中が集って来てくれた。女たちで先祖まつりのご馳走作りをするのである。

ご馳走のメニューは、

1、ラタスケップ（かいこ豆とカボチャを煮て塩砂糖で味をつけたもの）
2、ごはん（いなきび。米といなきびを炊《た》いたもの）
3、ヤマウ（わかめを漬けた水に焼いた干鱈《ひだら》を加えた塩味の汁）
4、焼魚（秋味）
5、ぬた（葱《ねぎ》だけ酢味噌《すみそ》で和《あ》える）
6、チポルシイモ（じゃが芋を茹《ゆ》でて潰《つぶ》し、チポロをまぜる。チポロはいくらの塩漬のこと）
7、チポルシト（シトとは団子のことで平たく作り、チポロを潰して和える）
8、コンブシト
9、おつゆ（大根、人参《にんじん》、白菜、葱、秋味を入れた塩味の汁）
10、ドブロク

以上の十品目を作るために、おかみさんたちは大奮闘し、やがて出来上ったご馳走を盛りつけた。酒杯や飯碗《めしわん》や捧酒箆《アラシユヒ》という神々への祈りに用いる木箆《きべら》は藤村氏が用意して来られた。

支度が整うと男たちも集って来て（中にはアイヌの正装をして来た漁師もいた）祭りが始まった。女は直接、祀りが出来ないことになっているので、阿部さんが私の代理となり藤村氏の指図に従って無事に祀りを終え、雨の中を表へ出て三十本のイナウを西北の隅に立てた。

それでなすべきことは完了したのである。立てたイナウが来年まで倒れず立っていたら、先祖は満足して成仏したということになるということだった。

翌朝は拭《ぬぐ》ったような晴天で、雨に濡《ぬ》れたイナウが凛烈《りんれつ》な大気の中で朝日を受けて輝いているのがいかにも清々《すがすが》しかった。藤村氏はこれで一応鎮《しずま》ったと思いますといい、後祭りの指示を残して帰途につかれた。

後祭りは阿部さんや漁師の人たち何人かがイナウの前に再び集って、阿部さんが集落を代表して東栄《とうえい》集落をお守り下さいと祈る。私は藤村氏に教えられた通りに、

「出来るだけのことをしました。どうか来年、私が参りますまでこの家をお守り下さい」

と挨拶した。それによってすべては終了したのである。

人々が帰ると私は机に向った。婦人公論に連載している小説をその日のうちに書かなければならなかった。書きながら私は時折ペンを止めて窓の向うのイナウの列を見た。険しい山路を迷い迷い漸《ようや》く抜け出て山里の見える所まで辿《たど》り着いたような、長い病から癒《い》えた人の気分だった。

翌日も快晴だった。私は書き上げた婦人公論の原稿を、懇意にしている牧場主の斎藤隆さんのファクシミリを借りて送ろうと思い、娘の運転で斎藤牧場へ向った。斎藤さんは私にこの土地を世話した人であるから、一連の騒動を半信半疑ながら心配してくれていたので、先祖祭りを無事に終えた報告もしたかったのだ。

正午過ぎに我が家を出たが斎藤家で長居をしたために帰って来たのは夕暮近かった。気も晴々と車で三十分ばかりの道のりを快適に走り、国道を外れて山道に入るとそこはもう我が家も同然である。最後の急坂を一気に上って前庭に入る。空はまだ明るかった。しかし山蔭《やまかげ》の我が家ははや暮色の中にある。

その時、私は見た。車が進んで行くその正面、二階の窓にボーッと薄黄色い灯が点《とも》っているのを。

「ついてる……電気……」

思わず私はいった。殆《ほとん》ど同時に娘も気づいたらしい。しかし娘は何もいわず、黙ったまま車を止めた。

我々が山荘を出たのは昼過ぎだった。快晴の真昼間《まっぴるま》、日が暮れる前に帰って来るつもりだったから、わざわざ電燈（しかも二階）をつけて出るわけがないのだ。私は車を出て家に入り、階段の下にあるスイッチを押して二階の電燈を消した。すべてが徒労だったことを藤村氏に伝える気力を私は失っていた。斎藤さんにも集落の漁師たちにも何もいわず、私と娘は翌日、山荘を後にした。

三章　宿命を負わされし者

1

治る希望のある病人は、病気の苦しさや辛《つら》さを人に訴えたり医師に説明を求めたりする。だが病が長びき重篤《じゅうとく》になってくると、何もいわなくなる。健康な人にはこの絶望がわかるわけがないのだ、わかれという方が無理なのだと思うようになるからであろう。

私は何もいわなくなった。生真面目《きまじめ》な人は、いう時は面白半分という口調を作ったので聞く人も面白半分に聞いていた。

「どうしてそんな平気な顔をしていられるのかしら」

と呆《あき》れた。そんな時私は、

「だって、騒いでもしょうがないでしょう……」

と答えた。そういう以外にどんな言葉も思いつかなかった。私は一見、元気だった。もともと私は人前に出るとなぜか元気になるたちなのだ（かつて破産の憂目《うきめ》に沈んだ時、債権者がこういった。あんなに元気なのはおかしい、どこかに金《かね》を隠しているにちがいない、と）。

誰の目にも元気に見えながら、私の左膝《ひざ》は痛んでいた。曲げようとすると疼痛《とうつう》が走る。気がつくと右手親指に腱鞘炎《けんしょうえん》が起っていて（それは山荘にいる時に既に始まっていた）日に日に悪化し、ついにはドアーのノブを廻すことも、髪にブラシをかけることも出来なくなっていた。整形医は膝の痛みは「老化現象であるから完治しない」と診断した。腱鞘炎はここまで進んだ以上は手術をするしかないが、たとえ手術をしても仕事のし過ぎが原因であるから、仕事の量を減らすほか、治癒の道はないといわれた。

脚も痛い。手も痛い。そうして忘れた頃に襲ってくる例の頭痛、それらは霊障らしかった。しかし外目には私はやはり元気イッパイに見えるのだった。膝は曲げると疼痛が始まるが、立ったり歩いたりしている分には痛みはない。親指の腱鞘炎も私が口に出さない限り、他人にはわからない。口に出していったとしても、見た目に変りはないから人は、「そうなんですか」ですませてしまう。

忘れもしない、女流文学者会の懇親会が料亭で開かれ、女将の好意で京都から舞子が来て舞を披露した時のことだ。私は柄にもなく女流文学者会の会長を務めていたため、上座にじっと坐《すわ》って心臓がおかしくなるほどの疼痛に耐えていなければならなかった。ここで心臓麻痺《まひ》か脳卒中でも起ってくれないかと願ったほどだった。

愚痴めくが芝木好子さんが亡《な》くなった時もそうだった。その頃も私はいうにいえぬ痛苦の中にいた。にもかかわらずなぜか告別式で弔辞を述べる役目が廻ってきた。何と固辞しても人の目には私がわけもなくいやがっているだけのように見えるのだ。「実は私はアイヌの霊障を受けていて」などといえるわけがない。その時も私は癌《がん》の方がいいとさえ思った。はっきりそれとわかる病気、何病と名のつく病気になれば人は理解し同情するのである。

説明が何の力も持たないこと、説明するのも億劫《おっくう》、したところで理解されないという情況の中に私はいた。無実の罪を被《かぶ》せられた人の気持がよくわかった。しかし罪人《つみびと》には弁護人がいる。私には私の代りに情況を説明してくれる人は一人もいなかった。困ったことには私には苦況に陥ると気力を出すという性質がある（平和な時はぐうたらだが）。しらずしらず私は気力をふるって肉体の弱りを補っていたのだろう。そうして自分で自分を孤独に追い込んでいた。思えばその頃から私は「血脈」という、後に三千四百枚にもなった小説を書き出していたが、あのような霊との戦い（敗《ま》けいくさ）の中で書きつづけたことが今は奇蹟《きせき》のように思える。

漸《ようや》く私は寺坂多枝子女史に会うことが出来た。寺坂女史は高齢と病弱を理由に除霊は辞めているということだったが、鶴田医師の口添えで会ってもらえることになったのだ。寺坂女史によると私の膝の痛みは、日本人の武士に脚を斬《き》られたアイヌの老婆《ろうば》が憑《つ》いているためだということだった。この頃は辞めていますといわれながら除霊を受けることが出来たのは、やはり寺坂女史の霊能者魂というものであろう。膝の痛みはそれで消えた。医師がいったように老化現象だとしたら、治癒するわけがないではないか。膝はもとに戻り、腱鞘炎もいつか治っていた（再び坐ると膝が痛むようになったのは去年あたりからで、これは愈々《いよいよ》本格的な老化現象が出てきたのだろう）。

膝の痛みは癒《い》えたが、それと引き替えのように私の自宅には北海道と同様の異常が起き始めた。ラップ音は家のそこここ（特に夜は私の寝室）で激しい音を立て、電気系統の故障が続出した。ファクシミリは職業上必要なものだが、それがまずやられた。敵はどうやら私にとって最も必要なもの（従って故障すればすぐに気がつくもの）を標的にしているようだった。ファクシミリは朝から一日中、着信音を出しつづけていた。着信音がして用紙が流れ出る気配にファクシミリのある部屋へ行く。しかし音はするが実際には通信紙は出て来ない。NTTへ電話をして調べてもらうが、故障係の人はどこが悪いのかわからない。とりあえずそのへんをいじくって帰る。しかし二、三日するとまた異常が起る。仕方なくNTTの人は会社へ持って帰ってよく調べますといって代りを置いて行く。代りのものには異常は起きない。やがてどこをどう直したのかわからないが、これで大丈夫だと思います、といって届けられる。だが暫《しばら》くするとまた始まる。

そのうち異常音ばかりでなく、送信した原稿がまるで墨を塗ったように真黒になって届くという事態になった。連載中の婦人公論ではそのため、大雨の深夜に編集者が「証拠品」を持って、直接原稿を取りに来たこともあった。なぜか最も被害を受けたのが婦人公論だったので、編集部では真剣にお祓《はら》いを考えたという。

アイヌの霊魂は北海道から東京の家にまで出張（？）して来たのだ。私はそう確信した。何も知らない手伝いのTさんは、何度来てもファクシミリを直せないNTTの無能を憤慨している。着信音がする度にファクシミリの部屋に律儀《りちぎ》に走って行っては、

「またッ！　いったいNTTは何してるんだろう！」

と怒っている声を、私は暗澹《あんたん》として聞いていた。

それは先祖祭りは無駄であったことを執拗《しつよう》に呑《の》み込ませようとしているかのようだ

った。私の頭の隅には「さし迫っています」という寺坂女史の言葉が常に暗雲となって懸っていた。

　どこそこに力のある霊能者がいると聞くと、私は無思慮に飛びついた。ある霊能者は書斎で机に向っている私の周りをアイヌがとり囲んでいるのが見えるといい、別の霊能者は家もとり巻かれているといった。とり巻いているのはアイヌだけではない、熊《くま》や狐《きつね》やアザラシ、それから大きなタラコのようなものもいるという。大きなタラコのようなものとは何ですかと訊《き》くと、それは多分竜神の未成熟なものでしょうといわれた。竜神の「未成熟なもの」とは何なのか理解を越えるが、しかし私は「とりあえずの応急処置を教えます」といわれると神妙にメモをした。その時のメモ用紙がここにある。

「一、桃の枝（東南に向いて伸びている枝）を四本用意し、その先を削って尖《とが》らせ、庭の四隅、東西南北の土に埋め、上から金銀の折紙を細かく切ってふりかける。
　二、皿の上に塩を盛り、針を七本立て、石五個を（ご神木のような感じで）並べて祈る」
　その時、たまたま仕事を依頼しに来た二人の女性がいた。「トータルネットワーク」という情報サービス会社の女社長、村上佳子さんと社員の時田八千代さんである。どういう話からそうなったのかは忘れたが、雑談するうちに私は桃の枝が必要になった話をした。すると時田さんが私の家は千葉県の神社で桃の木が沢山ありますから、持って来ましょうといってくれた。私はどんなに変った物でも効くといわれたことは何でも験《ため》そうとする病人と同じだった。翌日、早速届けられた桃の枝を敷地の四隅の土に挿《さ》して私は祈った。般若心経《はんにゃしんぎょう》を唱えたのだったか、お題目だったか、それとも何か祈り詞《ことば》を教えてもらったのだったか記憶にない。私は本気で信じたわけではなかったのだ。信じているのではないが、教えられたからには行うという気持だった。行うことで私は今日から明日へと自分を繋《つな》いだのだった。

2

霊能者江原啓之《えはらひろゆき》さんは一九六四年、東京の下町に生れた。四歳の時のこと、親戚《しんせき》が集っている席で「前にお父さんとお母さんが夫婦喧嘩《げんか》をした時は本当に怖かった」、といってその時の模様を話したので、両親はびっくり仰天した。なぜならその喧嘩は江原さんが生れる前の出来ごとだったからである。

それから間もなく、(やはり四歳の時のこと) 火鉢の上の薬缶《やかん》から煙が出ているのを感じてお母さんに告げたが、実際には何も起っていないので叱《しか》られた。だがそれから四時間ほど経《た》った時、火鉢の薬缶が煙を噴き出した。

その年の秋、江原さんの目にお父さんの背後にまっ黒な闇《やみ》があるのが見えた。あまりに怖《おそ》ろしいので誰にもいえず、お父さんのそばへ寄ることも出来なくなった。その二日後、お父さんは倒れて亡くなった。

すべて四歳の時のことである。それが始まりだった。幼稚園へ行くようになると、お絵描きの時に赤い海や黒い太陽や宙に浮かんでいる家などを描いたので、心理的に問題があるとされてお母さんは度々呼び出された。そしてやがて周囲から「変った子供」と見られるようになる。

小学校へ行き始めると、人のオーラが見えるようになった。休み時間や体操の時間の後、活発に身体を動かした後の子供たちのオーラは明るく輝いて、赤や黄色がメラメラと燃え立つ。そのために江原さんは黒板の文字が見えなくなったので、見えませんと先生にいうと、先生は外からの光の反射のためだと考えてカーテンを閉めた。しかしそのために教室は薄暗くなり、オーラはますます光る。再び先生に訴えると、病気かもしれないと保健室に送られた。だが調べてもどこにも異常がないので嘘《うそ》をついたと思われ、先生はお母さんに会いに来て「家庭内の愛情が足りないのではないか」といった。

小学校の行き帰りに江原さんはよく防空頭巾《ずきん》にもんぺ姿の母と子が走って来るのに出会った。防空頭巾にもんぺ姿は一九六四年生れの江原さんには馴染《なじ》みのない格好である。そのうち、道の傍を流れる川から無数の手が出ているのが見えるようになった。呻《うめ》き声も聞えた。そこいら一帯は東京下町の大空襲で死者が大勢出た所だったのだ。漸く江原さんは自分にだけ見えて他人には見えないものがあるらしいことに気がついた。気がついたがどうすればいいのかわからない。何かいうと不思議がられたり変り者あつかいされるので、何もいわなくなった。

江原さんの心霊現象は成長するにつれて激しくなった。大学へ入ってから四度も引越したのは、行く先々で心霊現象が起きるからだった。友人と隣り合う部屋にいた時のこと、ある夜、寝つかれずに輾転《てんてん》としていると、友人の部屋との境の襖《ふすま》の端から光が洩《も》れている。彼も寝つかれないのだなと思って襖越しに声をかけた。すると向うから、「ふっふっふう」という不気味な笑い声が聞えてきたので、友人がふざけているのだと思って、

「ふざけるなよ」

といいながら襖を二、三度叩《たた》くと、向うからも「ふっふっふう」と笑いながら叩き返して来る。

「起きてるんだろ」

といいながら襖を開けると、部屋の中は真暗で、友人は襖と反対側の窓寄りに布団《ふとん》を敷いて眠っていた。

引越しても引越しても心霊現象は襲ってくる。引越を重ねるために経済的にも困窮してきたので、専門学校の警備員のアルバイトを始めたが心霊現象は激しさを増す一方で、ついにいつどこででも幽霊が見えるようになった。気晴らしをしろと友人に誘われてドライブに出ても、車が走る道々、あっちにもこっちにも幽霊が立っている。気が狂っているのではないかという不安に苦しみ、とうとう大学をやめざるを得なくなり、警備員の仕事も休みがちになった。

その時、新しい警備員が入って来て、江原さんの閉塞《へいそく》状態に一筋の光をさし込んでくれた。世の中には他人には見えないものが見える人がいる、しかしそれは決して異常ではないのだと教えてくれたのだ。彼の本業は修行僧で、修行の費用を作る目的で警備員になった人だった。江原さんは彼に尼僧《にそう》の霊媒師の所へ連れて行かれた。尼僧は八大竜王が降りるという霊媒で、竜王神からの霊言は、「先祖の因縁が強いので先祖供養《くよう》をせよ」ということだった。そこで尼僧から貰《もら》った経本を朝夕読み始めたが心霊現象は少しも治まらない。それから江原さんの霊能者廻りが始まった。

「なぜ自分はこんな生き方をしなければならないのか」

「これからどうすればいいのか」

江原さんが教えてもらいたいことはそれだった。しかしどの霊能者からもその問いの答えは得られなかった。

私が江原さんと知り合った時、江原さんは弱冠二十四歳のまことに真面目な青年で、霊能者として寺坂女史の薫陶《くんとう》を受けつつ私の家から近い北沢八幡神社に神職として勤めていた。和光大学を前述のような事情で中退し、襲ってくる心霊現象に苦しんでいる時に漸く寺坂女史に廻り合ったのだ。江原さんの苦しみのすべては生れつきの霊媒体質から起ることであるからこれをなくすことは出来ない。しかし「克服する道はあります」といわれ、はじめて江原さんは長年の苦悩から解き放たれ、霊能者の道を踏み出したのだった。世間では「霊能者」というと何かしらうさん臭い人間のように見られがちであるから、この道に進むにしても一応は世間に通用する職業に就いた方がよいといわれ、國學院大学へ再入学して神職として正階を得た上で北沢八幡神社に就職したのである。

当今は自称他称の霊能者が数多く存在している。科学が進めば進むほど霊能者が増えて行くのは、科学の恩恵を蒙《こうむ》りながらその一方で霊能者を必要とする人が増えているからであろうか。あるいは人々はこの急激な科学、物質文明の進歩に本能的な不安と不信を抱いているのかもしれず、また、科学の力で可ならざるはなしという日常に飽和して、未知の、解明不能の、神秘世界への贅沢《ぜいたく》な好奇心に駆られているのかもしれない。

霊能者の中には僅《わず》かにある霊能を修行によって開発し、霊視や除霊の力を得た人もいれば、普通の生活者に突然、霊視霊聴の能力が出て来てたいした苦労もせずに「よく当る」と評判になっている人、また狐霊《これい》や狸霊《りれい》、てんぐなどの自然霊が憑依《ひょうい》して力を与え、霊能者として幅を利《き》かせるようになった人もいるという。一口に霊能者といっても千差万別、玉石混淆《こんこう》の様相を呈しているのだ。だが本来霊能は苦しむ人を助ける為《ため》に与えられた力であるからその力を己れの名声や金儲《もう》けに使ってはならない。それが原則であるといわれている。霊能力の強弱とその人物の魂の高低とは問題が別なのである。

「人格や想念が低い波長だと低級霊に翻弄《ほんろう》される。それを高い波長に変えれば低級霊は憑かなくなる。高い人格の人には高級霊が憑き、低い人柄の人には低級霊が憑く。今の苦しみから逃れたければ人格を上げ、霊能をコントロール出来るように開発すればいいのです。折角授かった力であるからこそ、人々のために使わなければいけない」

それが寺坂女史の教えである。私利私欲に走らぬことや普通の人にはない能力を持っているからといって、決して驕《おご》りたかぶってはならないということまで、江原さんは諄々《じゅんじゅん》と教えられた。

北沢八幡に向き合う各階一部屋ずつの小さなアパート。怖いような急な狭い外階段を三階まで上ると目の前にドアーがある。ドアーを開けるとすぐ六畳ほどの洋風の部屋、そこが江原さんが心霊相談を受ける場所だった。

私は何度その階段を上り降りしたことだろう。階段にはいつも落葉が溜《たま》っていて、その上を踏んで上って行く時の、暗澹とした気持を私は忘れない。悪夢の中にいるような日々が相変らずつづいていた。私がそこを訪れるのは寺坂女史の勧めで江原さんに浄霊をしてもらうためだった。霊能者としての江原さんの力がどれほどのものかわからなかったが、江原さんが唯《ただ》一人、縋《すが》れる人だったのだ。江原さんの大きな太った身体といつも柔和な（少し気の弱そうな）純真な人となりに触れると、私の緊張はゆるんで束《つか》の間《ま》の安堵《あんど》に浸されたものだった。

今から思うと江原さんはいかにも若かった。いまだ修行途上の人だった。私の娘よりも四歳年下の青年だ。しかしその時の私には老成した大きな人物に思えたのである。

「霊能者というものはみな孤独です」

と江原さんはいったことがある。孤独を知っている霊能者だけが、本当に人を癒《いや》すことが出来るのだ。私はそう思う。その後十年の間に江原さんは目を瞠《みは》るような成長を遂げ、今は名だたる霊能者である。それは幼年時代からの長い苦しみと怖ろしい孤独の経験によって培《つちか》われた力であろうと私は思う。

3

日本心霊科学協会は心霊現象に関する科学的研究を目的として設立されたもので、所属する霊能者による霊査や精神統一研修会、心霊治療、降霊などを行い、心霊現象の紹介や研究、そして苦しむ人たちの力になっている。当時寺坂女史や江原さんもその協会に所属し、鶴田医師も会員だった。その心霊科学協会の監事として長年、心霊にたずさわって来られた大西弘泰氏は日本でも有数の審神者《さにわ》として知られている。

審神者とは「神託の解釈者」「神のお告げを承る人」のことで、古くは神功《じんぐう》皇后の新羅《しらぎ》遠征の時、巫女《みこ》体質であった皇后に降りた神のお告げの真偽をただした武内宿禰《たけのうちのすくね》が審神者である。

波動の高い神が人に降りるには、受ける人の波動も高くなければならないという波動の原理から考えると、時代が下るに従って神が人に降りることはあり得ぬことになる。人に降りるのは（もと人間であった）霊や自然霊で、高級霊は精神性の高い霊媒に、低級霊は低い霊媒に憑《つ》く（神が降りて来られたといい、その託宣とやらを述べる霊能者は、従って眉《まゆ》ツバだと思ってよいだろう）。霊媒に降りた霊がホンモノであるかどうかは審神者が問答して確かめるが、それには広い知識と真偽を見破る眼力が必要である。降りてくる霊は現代に生きていた人の霊とは限らない。明治大正時代もいれば江戸時代、戦国時代の人（霊）もいる。例えば自分は武士であったと霊が名乗った場合、審神者はまず彼の生きていた時代を問い、例えば江戸時代だと相手がいうと、その時の将軍の名を訊《き》く。町名や風物、歴史的な事件など、幅広い知識を持っていなければ、相手の真贋《しんがん》が見破れない。Aの霊を招霊しているのに、勝手にB霊が出て来て嘘《うそ》をいうことがあるからだ。

招霊は霊媒と審神者が組んで行う。真偽を見破るだけでなく、審神者には霊の苦しみや訴えをよく聞いて、慰め説得して霊界へ送る役目がある。苦しんでいる霊のカウンセラーといってもよいだろう。

平成二年十二月、私は上落合の心霊科学協会本部へ大西弘泰氏を訪ねた。大西氏はその時八十五歳、なるほど審神者とはこういう人なのかと思わせられる威厳と寛容が姿勢のよい小柄な老体から溢《あふ》れていた。その日は大西氏の特別のはからいで私のための招霊が行われることになっていたのだ。霊媒は大西氏の信頼が厚い榎本幸七氏、審神者が大西氏である。榎本氏は中堅電機会社の重役だが、阿部蔵人《くらんど》行綱という江戸時代の武士が守護霊として憑いており、優れた霊媒として知られた人である。私が霊査を受けた時の蔵人氏《うじ》の霊言はこうだった。

「それ宿命を負はされし者、
人知らぬ苦労の事あり申し事に候《さうら》へども
一家族の者の菩提《ぼだい》とむらふ事一人出でさせ参らす事に候。
その事仲々に大儀なる事に候へども、その血変る事なく候」

それは榎本氏によって半紙に書き取られ、末尾に小さく「先祖の計画」と附記されていた。

私は一人で一族の菩提を弔わねばならぬ宿命を負っている。大変なことではあるが、その血は（佐藤の一族である以上）変ることがないから行わなければならないという意味であろうか。「それ宿命を負はされし者」の一行は、否応《いやおう》なく私の中になだれ入って来て、私の中に常に懸っている寺坂女史の「さし迫ってきている」という暗雲とひとつになったのだった。

招霊は日本心霊科学会館の広間で行われた。広間正面の神棚を右に大西氏、向き合って榎本氏が正座し、大西氏がおもむろに一礼して、

「こんにちは。蔵人さんでいらっしゃいますか」

という挨拶《あいさつ》から始まった（その模様を録音テープからここに再現する）。榎本氏はいかにも武士らしい太い荘重な声音で、

「いつぞやは信州の方でいろいろとお骨折りいただいた」

と応じる。

「どうもその節は有難うございました。記録もいい記録が取れました。有難うございます」

榎本氏、端然と正座したまま、低く、

「重畳重畳」

いうまでもないことだが、これは榎本氏の身体に降りた阿部蔵人がいっているのである。

「今日は審神者の勉強をしたいと考えておられる方々が集っておられますので、その方もよろしくお願い申します」

榎本氏、低く、口の中で呟《つぶや》くように、

「承知――」

「今日のお願いはここにいらっしゃる作家の佐藤愛子さんという方が、北海道の浦河に別荘を持っておられますが、そこに色々な物理的な現象が起きるわけで、また東京の住居でも起きる。そういうことがありますんで、何か要求があるんだろうと思います。四、五日前も佐藤さんが作品を書いていらっしゃるとそれを邪魔して、目を痛くするとか、頭を痛くするとかで、お困りになっておられます。そこで今日は、そのもののいい分を聞くといいますか、一番もとになっているものと話をしたいと思いますがいかがなものでしょうか。お取次いただけますか？」

「さようなあ……うーむ」

暫《しば》し沈黙。やがて、
腹の底から出てくるような、低く太い声がおもむろにいった。歌舞伎《かぶき》役者でもこういう声は出せないだろうと思われるような強い力が貫いている。

「悪さをしているものはのう」

「はい」

「さほどのものではないのじゃ」

「はい」

「これはのう……蝦夷《えぞ》……の国と申したの」

「はい」

「蝦夷の国……うーむ、さようのう。野狐《やこ》じゃの。……このものが住いおる所に巣を作っておったのじゃが、巣を潰《つぶ》されてしもうたの」

「そうですか……」

「その野狐を慰めねばなるまいのう。またその野狐を遣いおる者もその後ろにおる。その者と話をいたさねば相なるまい」

「それは、遣っているものは人霊でしょうか」

「さよう」

「それは和人でしょうか、アイヌの先祖でしょうか」

「佐藤家の者じゃの」

「はァ……佐藤家の……？」

「うむ」

「佐藤家の者がなぜ子孫の邪魔をするとか、悪戯《いたずら》をするとかするのでしょう」

少しの沈黙の後で榎本氏の声は、咏嘆《えいたん》するように高くなった。

「佐藤家というのは面白からぬ家柄じゃのう……」

「そうですか。ハイ」

「うーむ……なかなかに大変な家柄じゃ。アイヌそのものはそうわるさしておらん。佐藤の者じゃ。これを放してやらねばなるまいのう」

「要求があるわけですね」

「さよう……まず、野狐を送らせたまえ」

「そうですね。それじゃあ、ひとつその野狐を出していただけますか。お願いいたします」

一瞬後、榎本氏の端座の姿勢は前かがみになり、ぴょんと飛び上るような格好になると両手を胸の前に上げげた。それを見てそれまで礼儀正しく対峙《たいじ》していた大西氏は、

「へい、こんにちは。あんたお狐さんね？」

と急にくだけた。

「浦河の佐藤家の山にあんた、住んでたのね？　祀《まつ》られたことあるの？……ない？

……」

野狐の榎本氏は黙って頷《うなず》く。

「するとあんた、かなり古狐《ふるぎつね》だったんだね？　あんたが住居にしてた穴か何かあって、それを壊されてしまって家を建てられてしまったというわけですか？」

黙ったまま、頷く。

「それは申しわけなかったですね。やっぱりそこに住んでたもんじゃないから、わからなかったんです。申しわけない。そりゃあ人間界だって住居を勝手に壊されたら誰だって怒りますからね。まあお詫《わ》びをしますけれど、どうすればいいですか?」

「……」

黙っている。大西氏は気がついて、

「お口きけますか? きけない?」

と訊《き》く。榎本氏が大きく頷くのを見て、

「ああ、そうですか。それではこちらから申し上げることにします。まことに申しわけないことで、ここにご本人も来ていますが、本人に代って私がお詫びをします。知っていればそんなことはしなかったんでしょうけど、知らないものだから、まことに申しわけなかった。それでそこで、お祀りか何かした方がよろしいんでしょうか。それとも佐藤家でお詫びしてお供物《くもつ》を上げるとかしたらいいんでしょうか。どういう方法でお詫びをすればよろしいか」

すると榎本氏は身じろぎして、何かを要求するようなそぶりをした。

「書くもの? ああ、書くものがほしいのね、ハイ、ハイ」

といって傍の人に合図をする。すぐに藁半紙《わらばんし》と筆が用意された。顔を突き出す榎本氏の口に筆を銜《くわ》えさせ、顔の前に半紙を広げた。榎本氏は半紙に向って筆を銜えた口を動かす。

——やしろをつくれ。

半紙一杯にそう読めた。

「祠《ほこら》を建てるということですか？　そうですか、わかりました……。普通の祠でいいんですね？　ハイハイ、わかりました。佐藤さんがお約束して、間違いなく建てるといっています。お建てしたらお水を上げたりメザシを上げたりしてお祀りをしますから、その代り今後一切、身体にかかって故障を起すとかしませんね？」

榎本氏、頷く。そこで大西氏は声を改めていった。

「しかしね、あなたはそこに納まって修行はしないんですか？　そこに納まっているだけでは位《くらい》も何もないわけですからね。格が上らないでしょう。少し勉強に行ったらどうですか？　やりますか？……やらない？……やりたくない？……」

返事なし。

「しかし将来、修行しなくてはダメですよ。祠を建ててもらったからにはただの野狐ではダメですよ。修行したらどうですか。するのならいい所を紹介しますよ。かなりいい所、立派な所です。伊勢の皇大神宮の外宮に茜《あかね》神社という稲荷《いなり》神社がある。私はそこの神さまと懇意で、今までに何百体も送っていますよ。そこへ行って修行すればどうですか。毎日、沢山のお参りがあるんだ、あんた、参ってもらわなきゃダメですよ。一人で山の中に祠、作ってもらってそこへ入ってたって、面白くもおかしくもない。しかも佐藤さんは夏だけしかそこへいらっしゃらないから、あとは誰もお供えしてくれませんよ。（大西氏の声はだんだん熱を帯びてくる）茜へ行きなさいよ、そこでご眷属《けんぞく》に加えてもらえばいいじゃないですか。山の上で一人で海眺めてたってしょうがないでしょう。茜さんにお願いしてみますから、お迎えが来たら行きますか？ね、行きなさい、ね？」

渋っていた榎本氏は漸《よう》く頷いた。それを見て大西氏は茜稲荷に呼びかける。

「茜稲荷大神《おおかみ》、茜稲荷大神、茜稲荷大神………」

と十数回くり返し、

「いつも贔屓《ひいき》にしていただいております大西弘泰でございます。北海道の浦河というところに狐さんがおりましたが、そこのあとに作家の佐藤愛子さんが何も知らずに家を建てたというので、憤慨しておられます。どうかこの狐霊さんをあなたのお弟子さんの一人にお加え下さいまして、しっかり修行して力をつけますようご配慮いただきたいと思います。よければお迎えいただきたいと思います。茜稲荷大神、茜稲荷大神、〳〵〳〵〳〵〳〵……。どうぞこの浦河の狐霊をただの野狐じゃなしに、ご眷属にお加え下さいませ。修行をやらせていただき、そしてよいことをする立派な狐霊になりますようお導き下さい。どうぞお願いいたします、どうぞお願いいたします……」

それから大西氏はつづけた。

「さあ、迎えにみえたと思いますよ。迎えが来たでしょう？　ね？　それじゃ行って修行して立派になりなさい。わかりましたね。茜稲荷大神、茜稲荷大神〳〵〳〵〳〵……」

招霊の模様をこのように詳述するのは、いわゆる「霊を下《おろ》す」「霊が降りる」とはどういうことかを読者に納得してもらいたいからである。招霊にもいろんなやり方があると思うが、私の経験では、この大西、榎本コンビの招霊が最も適確で信頼性が高いと思われた。

大西氏は最高の審神者《さにわ》であると私は思うが、その根拠は降りて来た霊がホンモノかどうかを見極める眼力の優れていることと、霊に語りかける時の口調が実に誠実で慈愛に満ち、懇切なことである。通りいっぺんに質問を出して、答えを聞き出すだけではない。相手(霊)の性向を見て、それなりに硬軟ところを得た訊き方をする。実に柔軟で巧みである。降りて来た霊はそれなりに恨みや不満、悲しみ怒りを抱えてさまよっているのだ。それを何とかして説得して、死者として行くべき所へ送りたいという情熱が言葉の端々に窺《うかが》われる。ききわけのない霊には、決して投げやりにならず、何度も何度も同じことをくり返して相手の気持を変えて行こうとする姿勢は審神者の手本というべきだろう。

死後の世界も現界と同じく複雑でくわせ者がいる。まず霊媒が入神すると、大西氏は霊媒の支配霊に挨拶をするが、例えば榎本氏の場合、

「大西氏《うじ》、しばらくでござる」

と向うから先に懐《なつ》かしそうに口を切ったり、あるいは威張って高飛車に出るのは贋《にせ》もので、本ものはどこまでも審神者が口を切るのを待ってから答えるのが正しい礼儀である。

一方、霊媒の榎本氏に霊が降りると、その瞬間、完全に榎本氏の個性は消えて、そのものになりきる。声、ものいい、榎本氏の影はどこにもない。どんな名優も及ばぬであろうと思えるほどの迫真力があるのは、これは演技ではなく、榎本氏に身体を貸してもらった「そのもの」がしゃべっているのであるから当然といえば当然だ。

さて、野狐は大西氏の勧めで漸く茜稲荷へ行く気になり、茜神社からの迎えに従って伊勢外宮の茜稲荷神社へ行った。ここで「行った」といい切るのは、大西氏が「行きました」と断言されるからで、それだけではどうも釈然としない私は重ねて、どうしてそう思えるのですか、先生の目にそれが見えるのですか、と訊かずにはいられない。しかし大西氏はただ、

「その確信がくるんです」

と答えるだけだ。釈然としない私に、

「身体が軽くなるような……」

とつけ加えるのみである。しかし大西氏の真摯《しんし》な審神者ぶりを見てきた私には、既にその言葉を受け容《い》れる素地が出来ていて、

「そうですか」

と納得する。大西氏がそういわれるからにはそうなのだろう、と思うのである。

大西氏は三歳の時に養子に行って大西家を継いだ人だが、その大西家は昔、外宮の神苑《しんえん》にあり、茜神社の隣りであった。大西氏が八歳の時、近所に狐狗狸《こっくり》さんを呼び寄せるのが上手なおしずさんという人がいて、ある日、母堂を加えて三人で狐狗狸さんを呼んだ。その時おしずさんが、この子は親孝行になりますか、親不孝になりますか

と訊《たず》ねたら、「親不孝」と狐狗狸が答えたので、大西氏は子供心に、「この神さまは面白い神さまだなァ」と却《かえ》って親しみを持った。そしてあなたはどこのお稲荷さんか、伏見か、茜かと訊くと、「茜さん」と答えが出た。

大西氏が十八歳の時に関東大震災が起きたが、半月前に大西氏はそのことを茜稲荷から教えられた。机に向っているとひとりでに手が動いて、「地震が起る」「大火事」「大勢人が死ぬ」と書いた。それを自動書記という。

その後、大事なことはいつも自動書記によって茜稲荷から教えられるようになり、発明の特許権を二十六も取り、幾つもの事業に成功した。やがて心霊界の人となってからは憑依《ひょうい》した狐霊を茜神社へ送ることが出来るようになり、その数は何百体に及ぶということだ。ちなみに大西氏の守護霊はこの頃話題の陰陽師《おんみょうじ》安倍晴明であるという。大西氏の生涯は「選ばれた人」の生涯だといえよう。そもそも三歳の時に茜神社の隣りに住む大西家へ養子に行ったことで、その宿命が動きはじめた。なぜ選ばれたかということになると、それは人智《じんち》の及ぶところではない。とにかく大西氏は「選ばれた」のだ。私が一人で佐藤一族の因縁浄化をしなければならない宿命を与えられたように。明暗異《こと》にしてはいるが、「選ばれた者」である点では同じだといえるのであろう。

こうして野狐は茜稲荷へ行き、榎本氏は覚醒《かくせい》した。これで終りなのかと思う間もなく、榎本氏は突然、ガバッと畳にうつ伏せになった。大西氏は即座に、

「あなた、どなたですか？　さあ、起きて」

と声をかける。次の霊が来たのだ。榎本氏はうつ伏せになったまま、イビキとも呻《うめ》きともつかぬ、傷ついた動物のいまわの際《きわ》といった声で、

「うーゥゥーん……」

と唸《うな》った。

「どなた？」と大西氏。

「うー、うゥウーーん……」

「どなた？」

「うーうゥウーーン」

ただの呻きではない、身体の底から絞り出すおそろしい苦悶《くもん》の声だ。

「何だろうね、これは……動物だろうなあ、これは熊かな。あんたは熊さんじゃないか？　違う？……あんた、人間じゃないでしょう……人間じゃないね」

声というよりは岩間からマグマが噴き出るような息を吐く。

「熊じゃないの？　人に殺《や》られたろう？　人に殺された？」

「うゥーん……うゥーん……」

その声は少し弱くなった。

「何だろうな。熊でないとしたら……まさかあんたも狐じゃないだろうね」

すると唸っていた榎本さんは絞り出すような嗄《しゃが》れた声でいった。

「わしは人間じゃ……人間じゃ……人間じゃ」

「人間？　そうか、そうか。あんたアイヌの人？　そこで殺されたんだね、ちがう？　大和の人？　日本人ね？　侍？」

「うーん、苦しい……苦しい……うーんくるしいぞォーッ……」

と絶叫する。

「苦しいか」

「くるしィーい」

「どこやられた？」

「せ・な・か……ひとつき……された」

「侍にやられたの？　あんた、侍？　町人だったの？　背中痛いんだろ？　槍《やり》で突かれたんだね？」

「うーん、心の臓、ひ・と・つ・き・さ・れ・たァ」

声は嗄れ嗄れ、本当に苦しそうだ。

「そうか、それじゃよし、頭をまず治そう。頭、悪いからね」

大西氏は進み寄って榎本氏の頭に手を当て、念じる。それから背中に手を当て、

「ここね？　ここだね？　よし、治しますよ、(「しんのぞう……」とまだ唸ってい
る) いいか……」

「イエーッ！」と気合をかける。

「治った？」

「うーん」と身を起す。

「ハイ治った。大丈夫だよ。元通りになった、元通りに」

「うォーッ」

身体の中から苦悶の風がざーっと吹き出してきたよう。

「水をくれい。水」

「ハイハイ、今あげるよ」

榎本氏、渡された水を飲み、もう一度、さっきの山を走る風のような吐息を苦しそうに吐き出す。

「ハーイ、ハイ、ハイ」

優しくいう大西氏は、出産を手伝う老練の産婆《さんば》さんのようだ。榎本氏は暫《しばら》くの間、

「ウォーッ、ウォーッ」と苦しそうに息を吐いていたが、漸く鎮《しず》まって行った。

「ハイハイ、蘇生《そせい》したね」と大西氏は喜ばしげにいい、改めて、

「あんたね、どこの人？　どこに住んでたの？」

と訊いた。榎本氏は頭を垂れたままじっと動かない。やがて、

「うーん、思い出せんなァ……」

歎息《たんそく》するようにいった。

「北海道じゃないの？」

「うーん」

「違う？」

「うーん」

「青森は？」

「うーん」

「弘前《ひろさき》は？」

「……すこうし……オボエあるようじゃな」

「あんたは何をする人だった？　あんたの職業は？」

「……」

「あんた、死んだ世界にいることわかってる？」

考え考えして、漸く口の中で呟《つぶや》くようにいった。

「あんまり、よくわかってない……」

寝起きのような嗄れた声だ。

「あんたね、生きてるつもりでいるんだけど、もう亡《な》くなってるんだ。現世との中間にいるんだ。槍で突かれた時にね、その時に死んでるんだよ。今、他人《ひと》の身体を借りて出て来てるんだよ。あんたがここへ出てるのは、あんたを救うためにあんたのご先祖とか、高い神さまがお骨折りで、あんたを救うためにこの人の身体を借りて、この人に代らせてるの」

「うーん」

「さ、どこの人かな？　どこに住んでたのか、考えてみよう」

榎本氏は「うーん、うーん」と唸るばかりだが、その唸り声は次第に弱くなっている。

「あんた、大名というもの知ってる？」

「……」

「あんた、チョンマゲ結ってる？」

暫く考えてから、

「……町人マゲ……だったような……気がするなァ……」

思い出そうとしているのか、考え考えいう。死んでから百年以上も経《た》つと、たいてい生前のことは忘れてしまうそうである。大西氏は親しみ深い口調で、

「あんたね、佐藤という名前の人、知ってる？……覚えない？」

「うーん……」

暫く考えてから、

「なにか……懐《なつ》かしい響があるなあ……」

「ハーア、そうするとこれは（佐藤愛子の）身内かわからんなァ」

と大西氏が呟くのに重ねて、

「なにかしら、懐かしい響じゃなあ……」

とひとりくり返している。

「あんた、突き殺されたのは喧嘩《けんか》か何かして殺《や》られたのか、何かの争いごとがあって殺られたのかな」

「少しずつ思い出してくるから、もう一度、頭に手を当ててくれ」

大西氏が頭に手を当てて念じる。

「ハイッ、どうです？」

「す、こ、し……すっきりしてきた……」

「どうして殺されたの？」

「——争いがあってのう……。死人の懐《ふところ》からゼニを掠《かす》め取っておったが……」

「誰が？」

「オレが」

「あんたが？」

「うん」

「あんたが悪いことしてたんだね」

「うん……兜《かぶと》、刀、ゼニ、掠め取った……」

「あ、そうか。なるほどねえ……戦場稼ぎ……ははァ、それでしまいにあんた、突かれたんだな。そうしてみるとあんたもよくなかったんだ。殺されてもしょうがない……」

「でもな、死んだ者にゼニ持たせておいたってしょうがねえ。オレが使ってやるから」

「それは理窟《りくつ》だね。だけどね、それで金儲《もう》けをするというのは間違いだ。人の不幸を食べて生きるということはよくないことだよ。人の道に反することだ」

「そんなことはわからねえ！」

急に怒気が籠《こも》る。

「ハハハ、わからない？　だけど、そういうもんだよ」

「死人がカネ持ってどうする！」

と突っかかる。

「そりゃ死人は使えないわね。しかしね、もうそれは昔のことだ。今はもう、あんたの罪を問うことは出来ないからそれはそれでいいんだ。あんたも突かれて死んだんだ。そしてあんたが盗《と》った金も盗られたんだよ。今更しょうがない、古いことだし。突かれて死んで、もう世界が違うんだ。あんた、生きてた時にあの世というものがあると聞いてたでしょう。そこへ行ったんだよ。そこにもちゃーんと世界があるわけだ。ね、その、あの世へ行って、そこで今まで倒れてたんだ、ね？　百年も百五十年も痛くて苦しんでた……」

「苦しんでたよ……口惜《くや》しくってな……」

いかにも口惜しそうにいう。

「あんた、口惜しいっていっても、そういうことをしてたからよくないんだよ。まあね、今になったらとやかくいって責める必要もなし、要するにあんたが、死後の世界にいることを悟ればそれでいいんだ。いいんだ。私がいい所へ送ってあげるよ」

「そんなこと出来るかい！」

と怒る。

「出来るんだ。私には。私はあんたの病気を治したでしょう」

「病気じゃないッ！」

「病気じゃないけど、心の臓突かれて苦しんでるのを治したでしょう。それが証拠じゃないか」

「ふぅーん」

「だからあんたのご先祖を呼んで、迎えに来てもらってあげるから」

「そんなもの、あるわけねえッ」

「ご先祖があるからあんたがあるんじゃないか。あんた、親とも仲悪かったの？」

「それは坊主《ぼうず》がいうこっちゃい！」

大西氏笑う。

「私は坊主じゃないけどね、いい加減なこといわないよ。坊主だって怪我《けが》した奴《やつ》、治せないじゃないか。私、治したでしょう」

「ふぅーん」

漸《ようや》く大西氏の言葉を素直に聞く気になったようだ。大西氏はいった。

「あんた、私と話してるあんたの身体、あんたの身体じゃないんだ。他人の身体だよ。他人の身体を借りて、私と話してるんだよ。自分の身体さわってごらん。町人マゲもない、何もないから」

「そりゃわかる」

「わかるでしょう？」

「うん」

「あんたはね、何百年という間、あんたは斬《き》られて倒れて苦しんで眠ってたんだ。それを今、助けられたでしょう。え？」

「そんなことはねえ！」

「何が？　そんなことはねえ、って、あんた、げんにもうどこも苦しいところないでしょうが。わたしが治したんじゃないか。私はあんたを救うことが出来るんだよ」

榎本氏、黙る。大西氏は攻め方を変えるように、

「あんた、先祖に嫌われたろう？」

「そうだ！」

怒気が籠《こも》った声。

「あんた、やっぱりよくないことしたんだよ」

「親なんてのはろくなもんじゃない。飯も食わせないんだから。着る物だってないんだ。だから自分で生きなきゃしょうがなかったんだ」

「わかる」

「何をして生きる？　え？」

「だけど今、あんた死んだんだよ。威張ったってしょうがないんだ。第一、あんた身体ないんだよ。他人《ひと》の身体、借りてるんだ。あんたは私に救われたんでしょう。その私に何だ、その口の利《き》き方は」

「お前がえらそうなことというからだ」

「えらそうにいえることしたんだ。私はあんたを助けたでしょう」

「オレはまだ助けられてねえじゃないか」

「痛みは取れてるでしょう」

「それはそうだけど」

「あんた、浄化という言葉あるの知ってる？」

「そんなこと知るかい」

「聞いたことある？」

「ねえよッ！　お前は坊主かい」

「私は坊さんでも何でもないんだ。けどね、今まで困ってる霊を救うことは何べんもやって来た。あんたが威張ったってどうにもならないんだよ」

「じゃあどうするんだい」

「だからね、行く所があるの、だからそこへ送ってあげようというの」

「そんなこと出来るわけねえ」

「出来るわけあるんだから。私のいうこと聞きなさい。私は嘘《うそ》はつかない。さっきから嘘なんかついてないでしょう？」

「……」

「あんた、おばあさんは？　あったかね」

「そりゃいたろうよ」

「いたろうよといって、あんた……」

「知らねえ、オレ」

「あんた尊敬してる人、誰かいたろう」

「誰もいねえ。そんなものなんかありゃしねえ……」

憤然といってから、思い直したように考え、

「うん、ありていいえば寺の坊さんかなあ。時々マンマ食わしてくれたからなあ」

「そうか。うーん……。じゃその坊さんはあんたに人情かけてくれた人だね？」

「うん、時々おマンマ食わしてくれた」

と懐かしそうに呟く。

「その人に対してあんたは尊敬をしてる？　愛情もってる？　親切な人だと思う？」

しみじみと、

「これが親だったらなァと思ったこともある」

「いい人じゃないか」

「でも所詮《しょせん》はお寺の坊さんだからなあ……」

「……いい坊さんはそうして人を救ったり……」

というのにかぶせて、

「大勢の人が坊さんの所へ来ていたよ」

「偉い人なんだ、その人。いい人なんだ。その人があんたを迎えに来たらどうする？　行くか？」

「そんなこと……ばからしい……」

「あんた、何ていう名前なんだ」

「オレか……オレは……マゴザっていうんだ」

「マゴザ……はーん……どうだろう。ぼつぼつあんたの家あったとこ、どこらで生れたか、どこらに住んでたかわかってきたでしょう」

「うーん……うゥゥーん……。どこだっけなあ、オレの住んでたところ」

「江戸じゃないでしょう」

「もっと昔だろう。江戸じゃない……どこだろう……」

「ま、そりゃいいわ、その、あんたを可愛《かわい》がってくれた坊さんが迎えに来たら、あんた行くかね？」

と考え込む。

「そんなこと出来ねえ……」

何をいってるんだ、という口調。

「出来ねえ？　じゃあ私がそれをやってみようじゃないか」

「じゃやってみろよ」

「その坊さん、なんて名前？　なんてお寺だ？」

「ああ、あの坊主か……うんあの坊主はな……あー……」

思い出そうと考え込む。

「なんちったかなあ……カク……カク……（考える）カク坊さん、カク坊さんっていったな」

「はーァ、カク坊さんね、お寺はなんてお寺？」

「お寺はな……阿弥陀《あみだ》さまがあったな。寺の名前は忘れたなあ……」

「阿弥陀さま……浄土宗だね」

「阿弥陀さんのカク坊主カク坊主っていってたんだい。寺の名前はわからん。……カク坊主だ」

「そのカク坊さんが来てくれたら……もし来てくれたら行く？」

「しょうがないなあ……」

歎息《たんそく》するようにいった。

「さて、所はどこかねえ……」

「死んじゃったんだもんなあ……」

とまた歎息する。

「カク坊さんもそっちの世界、あんたもそっちの世界、現界じゃないんだよ。両方とも霊界だ」

「霊界なんて言葉、オレァ知らね」

「うん、うん、知らないか。この現世のほかに別の世界があるの」

「ということは地獄だろ？」

「地獄じゃない。苦しんでた時は地獄みたいなものだったが今は地獄じゃない。苦しみが取れたってことは救われた第一歩だ。はじまりだ」

「うーん……」

「わかったね？」

「うん」

「さて、ではカク坊さん来るかどうか呼んでみよう。浄土宗のカク坊さんだね、そして来たらあんた、行きなさい、ね？」

「うん」

そこから大西氏の祈りが始まった。

と、いきなり榎本氏は仰《の》け反り、叫びとも吐息ともつかぬ旋風のような声を上げて畳に平伏した。

「ひゃあ……おう、こりゃ、こりゃ……こりゃ……」

驚愕《きょうがく》のあまり、何をいっているのかわからない。

「ひでえなあ……えれえ眩《まぶ》しい坊《ぼ》さまになっちゃったなあ、これ……」

平伏したまま身体を縮めて動かない様子を見て大西氏は、その急激な変化に疑念を抱いたのか、

「あんた、誰？」

と訊《き》いた。

「オレはマゴザだ！」

今更何をいってるかといわんばかりに、顔を上げて答える。大西氏はすぐに事態を理解して、

「はーあ、坊さん来たんだな、カク坊さん……ふーん……」

今更のように大西氏も驚いた様子である。お寺の名前もわからず、ただ「浄土宗のカク坊さん」といっただけでカク坊さんは姿を現したのである。マゴザはまだ何やら叫びながら縮み上っている。そのマゴザに向って、

「あんた、カク坊さんに、そうやって頭を下げるんだな。マイったか。え？　私のいうこと間違いなかったでしょう」

と大西氏はいった。

「だからね、カク坊さんに連れて行ってもらって、いい所へ行きなさい。ね？」

それから大西氏は小声で祈念した。

「カク坊さん、カク坊さん、よく来て下さいました。どうぞこの者をお連れ下さって浄化向上の道につきますよう、どうぞお導き下さいますようお願い申します」

二度三度、くり返す。そしてエイッと気合をかけると、

「あー、はァ……何となく涙が出てしょうがないんですよね」

そういったのは正真正銘の榎本氏である。マゴザは消えて榎本氏は覚醒《かくせい》したのだった。

4

大まかにいって霊媒は三つに分けられるという。一つはインスピレーション型というか、その時その時のインスピレーションを言語化するタイプで、チャネリングといわれるのがこれである。もう一つは半入神型霊媒、残りの一つが完全入神型霊媒で、これは俗に巫女《みこ》型といわれている。

半入神型は霊媒その人の潜在意識が残っていて、霊に肉体を貸しながら、客観的に自分を見ている部分があるというタイプだ。完全入神型でもだいたい八〇パーセント

くらいは霊の意識になってはいるが、残り二〇パーセントほどはやはり潜在意識があるという。しかし覚醒した後は記憶は何も残っていないから、

――今、なにがあったんですか？

と訊く。

かつては一〇〇パーセント霊になり切る霊媒は少くなかった。しかし今は殆《ほとん》どいない。そういう本格的霊媒は、例えば古代の霊が出ると古代の言葉でしゃべるため、学者が同席して通訳をしなければならなかったそうだ。前に紹介した寺坂多枝子女史にイギリス人の霊が降りると、女史は英語で語ったという。よく津軽のイタコに降りた外人の霊が、ズーズー弁でしゃべるのはおかしい、といわれるが、（イタコの例はともかくとして）霊媒についている背後霊が手伝って、日常語に飜訳《ほんやく》してしゃべらせることが多いという。

日本心霊科学協会での招霊に立ち会った私は、その時霊媒の榎本氏に降りて来た戦国時代の戦場稼ぎ「マゴザ」の言葉を聞いて、間違いなく我が血脈に係る人物だと確信した。マゴザが戦場稼ぎであったことが判明した時、審神者《さにわ》の大西氏が、

「あんたもよくないことをしたんだから、殺されてもしょうがないな」

というと、マゴザは忽《たちま》ちこう反駁《はんばく》した。

「でもな、死んだ者にゼニ持たせておいたってしょうがねえ……。オレが使ってやるから」

「それは理窟《りくつ》だね。だけどそれで金儲《もう》けをするのは間違いだ。人の道に反することだ」

大西氏がいい返すと、マゴザは強気に突っかかってきた。

「死人がカネ持ってどうする！」

その時、私は直感した。これはまさしく我がはらからだ、と。我が一族の中にはこういういい方をする連中が何人もいたことが思い出された。何かいわれるとすぐにカッとなっていい返す。そのいい返し方の単純さにどこか愛嬌《あいきよう》がある。悪たれだが悪気がない——。

榎本氏の霊媒は単に霊のいい分だけを伝えるのではなく、十分その性格を表現しているのはさすがであると感心した。しかしよく考えると、マゴザの言葉には三つばかり不審な点がある。審神者が「あんたはどこに住んでいたか」と訊いた時である。北海道か、青森か、と順番に問い、最後に「弘前は？」といったのに対して、マゴザはこう答えている。

「……すこうし……オボエあるようじゃな」

マゴザが戦場稼ぎをしていた時代は、応仁の乱から織田信長の頃ではないかと思われる。その頃は「弘前」という地名はなく、「津軽」といった筈《はず》だ。——オボエあるようじゃな、といったのは、その時霊媒の潜在意識が働いたと考えられる。

またマゴザは、「佐藤という名前にオボエはないか？」と訊かれて、

「なにか……懐《なつ》かしい響があるなあ……」

といった。当時は武士には苗字《みょうじ》があったが、貧農のマゴザのまわりに苗字を持っている者がいたとは思えない。彼はまた、生きていた時代は江戸か、と訊かれると、

「もっと昔だろう……江戸じゃない」

とはっきり答えている。江戸は徳川氏が幕府を開いてから名を知られるようになった土地だ。マゴザが知っているわけがない。

霊能者の霊視や招霊での言動を完全なものと思って頭から信じない方がいい、とは真面目《まじめ》に心霊研究に取り組んでいる人たちの言葉である。それは「ある程度の真実」ではあっても「絶対」ではないのだ。

霊媒も人間であるから、その時の体調、精神状態や周りの雰囲気、立ち会う人たちの想念などによって入神の深い時もあれば浅い時もある。ステージに上った歌手の歌に出来不出来があるのと同じである。マゴザの言葉についていえば、霊媒の潜在意識

が混入したことも考えられるし、霊媒の背後霊が時代の変化への知識を持っていて、補言する場合もあり、また霊が霊界にいるうちに学習して、生前は知らなかったことを聞き憶《おぼ》えるという場合もあるということだ。

何年くらい前のことになるだろう。スプーンを曲げる関口という小学生がマスコミに登場して世間の注目を集めたことがあった。それはイスラエル人ユリ・ゲラーが来日して、壊れた時計を動かしたりスプーンを曲げたりしてみせ、日本人の「超能力」というものへの関心に火がつけられて間もなくのことだったように思う。

その時、関口少年の能力を週刊朝日が疑った。そして彼を呼んで実験した。板の間に坐《すわ》らせてスプーン曲げをやらせようとしたのである。

その結果、関口少年が手にしたスプーンは曲ったことは曲った。だが朝日の記者は関口少年がスプーンを床に押しつけて力で曲げたという証拠を見つけた。床にスプーンの先を押しつけた跡がついていたのである。

超能力といわれるものについて、私に深い知識はない。しかし通常の人間の持つ集中力の何倍かの力を持って生れた人がこの世に存在するわけがないとは思わない。幽霊を見る人がいるように、その霊の感情や訴えがわかる人がいるように、スプーンを曲げられるだけの集中力、「念」の力を持つ人がいても少しも不思議はないのだ。瀬

戸内寂聴さんだったと思うが、

「あんなもの、いくらでも出来るわよ……」

と涼しい顔をしていた。それまではスプーンを「曲げるもの」という発想を持つ人がいなかったから、自分にそんな力があることに気がつかなかったのだ。それがユリ・ゲラーの登場で気がついた。奇蹟《きせき》だとかインチキだとかいって騒ぎ立てるほどのことではなかったのだ。そういう人もいるんだね、ですむ問題なのである。

しかし週刊朝日はこの力を許し難いことに考えたのだ。関口少年は、カメラの前に坐らされスプーンを渡された。場数を踏んだプロの奇術師ではないのだから、たやすく出来るわけがないことぐらい、少し考えればわかることである。

ものものしい雰囲気の中、関口少年はどうしてもスプーンを曲げなければならないという緊張に圧迫され、集中出来ない。子供であるから、進退きわまった。子供心にとっさに床にスプーンを押しつけて曲げたのだろう。

当時の私は心霊や超能力に全く関心を持っていなかった。それでもその程度の理解はした。だが朝日の記者は鬼の首でも取ったように誌面で叩《たた》いたのである。たかが子供を相手に、なぜそこまで躍起になったのか、私は理解に苦しむ。

何年か後、関口少年が道を踏み誤ったという風評を耳にした。その原因を朝日が作ったかどうかはわからない。わかることは自分の理解の範囲に固執することの危険である。

「今日は出来ません。どうしてもダメです」

少年はそういえばよかったのだ。だがそういうには経験による自信が必要だ。又そういったからといって、記者が理解を示すということにはならなかっただろう。

昭和四十九年（一九七四年）に小林秀雄が「信ずることと知ること」というタイトルの講演を、国民文化研究会主催の大学生のための夏季九州合宿で行った。その講演はこういう冒頭で始まっている。

「この間から、ユリ・ゲラーという青年が念力の実験というのをやりまして、大騒ぎになったことがありますね。私の友達の今日出海《こんひでみ》君のお父さんというのが、今は亡《な》くなりましたが、日本郵船の、日本で一番古い船長さんでした。その人が船長をやめてから、心霊学というものに凝って、インドの有名な神秘家、クルシナムルテという人の会の会員になりました。だから僕はああいうことは学生の頃からよく知っていました。ただ念力というような超自然的現象についての話が、世間を騒がすという事は、時々ある。私は、そういう現象は常にあるが、これが世間の大きな話題となるという事には、いろいろな条件が必要だ、ただそう考えています。ああいう不思議がいつもある、いつも私達の生活には随伴している事を疑いません。ところが、これを扱う新聞や雑誌を注意して見ていますと、その批評は実に浅薄なのですね。世間には、不思議はいくらもあるのですが、現代のインテリは、不思議を不思議とする素直な心を失っています。テレビで不思議を見せられると、これに対し嘲笑《ちょうしょう》的態度をとるか、スポーツでも見るような面白がる態度をとるか、どちらかでしょう。今の知識人の中で、一人くらいは、念力というようなものに対してどういう態度をとるのが正しいかを考える人がいてもいいでしょう。ところがいない。彼等にとって、理解出来ない声は、みんな不正常なのです。知識人は本当に堕落しています。皆おしゃべりばかりしていますが、そういうことに対する正しい態度がないのですね。」

知人から送られたこの講演録（新潮・昭和五十八年四月臨時増刊号）のコピーを読んだ時、私は千万の味方を得た心地がした。私は必ずしも確信があって私の心霊観を敷《ふ》衍《えん》しようとしているわけではなかったのだ。

「本当に切実な経験というものは、主観的でも客観的でもないですね。つねられて痛いと感ずる経験と同じです。」

小林秀雄はそういっている。

私は経験した。その切実な経験を人に語ることによって、それを理解したいと思った。その結果得たものは、当惑や憤慨や嘲笑や、よくて好奇心だった。「つねられて痛い」と感じたことをつねられたことのない人にわからせようとするのは無理である。私は沈黙するべきだった。

だが私は沈黙していることが出来ずにこのエッセイを書き出した。深く考えるためには書く必要があることに私は気がついた。

「考えるということは、対象と私とが、ある親密な関係へ入り込むということなのです。だから、人間について考えるということは、その人と交わるということなのです。そうすると、信ずるということと、考えるということは、大変近くなって来はしませんか。」

小林秀雄のこの言葉が私の背中を押したといえるかもしれない。

5

話をもとに戻そう。

マゴザが引っ込んで行った後、覚醒した榎本氏は、

「何か見えましたか？」

と大西氏に訊《き》かれて、ハンカチで汗を拭《ふ》きながら、

「いや、そのね……あのね……ごめんなさいね……」

とひどく疲れた様子だった。少しの間呼吸を整えてから話し始めた。

「――藁《わら》屋根の農家がありましてね。背の低い竹の垣根があって……周りは田圃《たんぼ》です。藁屋根の裏には小高い山が見えました。どうもそこがマゴザの生れた所というか、住んでいた所のように思えるんですが……。大西先生が、住んでいた所はどこだとくり返し訊かれた時に、ずーっとその光景が見えていました。しかしその場所がどこの国、どこの村かは判然としません。マゴザが果して佐藤家に関りのある者かどうかもはっきりしません。ただ、佐藤と聞いた時に、懐かしいという気持がきました……」

そうしてこの日の招霊はそこで終ったのである。この招霊の目的は北海道のアイヌ、あるいは佐藤家の先祖霊の因縁浄化にあったのだが、その期待通りにはいかなかったのだ。

あまりに因縁が大きいので、ホンモノ（核心をなす者）はすぐには出ないのだろう、ということだった。少しずつ、下の方から出てきて、やがて大ものの出番がくるのだろうか。そういえば芝居でも、初めに「仕出し」が出てくるものだ、と私は納得した。現世で招霊の計劃《けいかく》が立てられると、それはすぐに霊界にわかる。そして出る霊の順

番が決められるのだ、という説がある。また最も苦しんでいる霊から先に出てくるという説もある。私は大西氏から、先に出て来た狐霊《これい》はこれで鎮《しずま》りました、もう頭の中に入って頭痛を起させることはないでしょう、といわれた。その後、頭痛その他の苦痛や異常現象が鎮ったのだったか、鎮らなかったのか、はっきり憶えていない。鮮明に憶えていないということは、これで「カラッ」と全治したわけではなかったのだろうと思う。

大西氏の意向で北海道の山荘で改めて招霊実験を行うことになったのは、その翌年（平成三年）の五月である。

大西氏は山荘での超常現象をつぶさに聞いて、外国にはこういう強いポルターガイスト（騒霊ともいい、物品を移動させるなど、霊の力で起す物理現象）は珍らしくないが、日本では滅多に見られない、いやしくも心霊に携る者として、この現象を黙視するわけにはいかないと考え、榎本氏を説いて心霊科学協会員四名（鶴田医師も含む）と共に八十六歳の老軀《ろうく》をはるばる北海道まで運んでくださることに決ったのである。

審神者と霊媒を兼ねる日本有数の心霊家、寺坂多枝子女史でさえ、「怖《おそ》ろしい所」

とたじろぎ、美輪明宏さんからも「あんな怖い所は行けない」といわれ、勇んで来るのは霊視が利《き》かず、ただガムシャラに祈禱《きとう》で慴伏《しょうふく》させようとする祈禱師しかいなかった。一体や二体の怨霊《おんりょう》ではなく、霊団化している怨念の地縛霊である。これは心霊家たちにとって「命がけ」といってもいい過ぎではない危険な招霊である。私は大西氏から神のご加護をいただく必要があるため、長野県の戸隠《とがくし》神社中社の聚長《しゅうちょう》中谷氏を訪ねて招霊が無事に行われる事を神前に祈願し、神札をいただいて来るようにといわれ、早速戸隠神社の神札をいただいて来た。

戸隠神社中社は心霊主護神として心霊家の信仰の的で、天八意思兼命《あめのやごころおもいかねのみこと》がご祭神である。

五月三日昼過ぎ、大西氏の一行、総勢五名は山荘に到着。榎本氏はひと休みする間も惜しむように庭に出ると、家の東側に迫っている山の斜面を登り始めた。この家は山の西側を切り崩して建てたものであるから、あと東半分が残っている。切り崩した斜面に生い茂った雑草をかき分けかき分け、榎本氏はものもいわずに登って行く。他の人たちもそれにつづいた。一番最後に私が登って行くと、上の方から榎本氏のいささか興奮した声が落ちて来た。

「塩と、それからお酒を下さい——」

すぐ私は家へ走り戻って塩の壺《つぼ》と酒瓶を持って登った。傾斜面を半ば上った所に榎本氏らが佇《たたず》んでいて、そこは五坪ばかり、草のない平地になっている。

「ここです。アイヌの神さまが祀《まつ》られていたのです」

榎本氏はそういって塩と酒を撒《ま》いて祝詞《のりと》を上げた。

その後、更に登って行くと俄《にわ》かに眼前が開けて二十坪ばかりの舞台のような平地が現れ、大空に満ちた五月の光の中に遠く浦河町の中心、駅や庁舎や体育館などがパノラマのように一望された。南側の岸辺に打ち寄せる波は穏やかに光る漁村を包み、何ともものどかな、平和を象徴する絵画のような景色だった。

東南に向って開け、北を木立で遮《さえぎ》られているそこは、冬暖かく夏は涼しい、住むには最適の場所である。アイヌの人たちはこの場所を選びに選んでついの棲処《すみか》と決めたのだ。ここに畑を作り、山を降りて漁《すなど》し、自給自足して穏かに仲よく暮していたのだ。

だがそのアイヌたちは今、怨霊となってさまよっている。私はその大切な山を崩して家を建てたのだ。そう思うと彼らの怨《うら》みと憤《いきどお》りの焔《ほのお》をこの身に受けるのは仕方のないことだと思わぬわけにはいかなかった。

招霊が始ったのは日が暮れてからである。座敷に戸隠神社の神札を掲げて祈願し、大西氏と榎本氏は向き合った。榎本氏は合掌して精神統一をはかり、大西氏は印を結んだ。二人を囲んで我々十人余りが坐る。大西氏に同行した人たちのほか、アイヌ研究家藤村久和氏やこの土地を私に紹介してくれた牧場主の斎藤隆氏、それに以前私に仕事を頼みに来たのがきっかけで、何かと心をかけてくれるようになった情報サービス会社「トータルネットワーク」の村上社長と社員の時田さんの二人が手伝いとしてわざわざ東京から来てくれたのが有難かった。

そうして招霊が始まった。長いトランスに入っていた榎本氏に微妙な変化が現れたらしい。我々には見えないが、それを鋭敏に見てとった大西氏はすぐ「どちらさまでいらっしゃいますか」と問う。暫《しばら》く間あり。漸《ようや》く榎本氏の口から、重々しい、威厳のある声が出た。

「参上いたす手間をとって……申しわけござらぬ」

いつもの阿部蔵人《くらんど》行綱さんではない。とまどう大西氏に、

「余は大竹サン左衛門でござる」

おもむろにいった。サン左衛門とは、三左衛門と書くのであろうか、参左衛門であろうか。ここでは便宜上三左衛門にさせてもらうことにする。

「今日はまた、大勢の方々をお招きし、またこの後にもろもろの者が控えておると聞く」

とどこまでも重厚だ。

大竹三左衛門は阿部蔵人と同様に榎本氏の守護霊の一人である。蔵人さんは江戸時代の武士だが、三左衛門さんの方は四百年前の榎本氏の先祖で津軽藩の勘定奉行であったというから、蔵人さんより格が上のお方であろう。格上の勘定奉行の登場はその日の招霊が並々ならず難かしいものであることを意味しているようだった。

大西氏は鄭重《ていちょう》に挨拶《あいさつ》を返す。私たちは鎮り返り、身じろぎもせずに次の展開を待つ。

再び沈黙が落ち、それから、突然、榎本氏は、

「エイ！」

と叫んだ。大西氏はすぐ、「どなたでいらっしゃいますか？」と問う。愈々《いよいよ》アイヌが出てくるのかと緊張が走った。と、次の瞬間、

「オレだいッ！」

榎本氏はびっくりするような大声を出した。

「オレだ？　オレではちょっとわからないんだがな」

と大西氏は急にくだけた。

「前に会っとるだろう！」

「前に会ってる？」

「そうだいッ！」

と元気がいい。榎本氏は上機嫌につづけた。

「前は慰められたから礼をいうぞ」

大西氏が思い当らず口を噤《つぐ》んでいると、大声をはり上げた。

「マゴザじゃよ！」

「よく出られた、あんただね」

「うん」と満足そう。

「あんたね、そちらでだんだん浄化して、いろいろなことがわかってきたと思うんですね、前のマゴザさんとは違うと思うんだ」

「あのお寺のクソ坊主がなッ、連れてってくれたわい。寺のクソ坊主が」

「そうやって今はあんた威張ってるけれども、あのお坊さん、非常に親切な人で、あんた、あれで救われたんでしょう」

「そうかな」

「それを威張るということは、よくないことだね」

「威張るわけじゃないけどな……礼をいいたくて来たんだ」

「ああそう。それはどうも恐縮だ。ありがとう。よく来てくれました……」

満足した子供のように、「うん！」という。

「今、そちらの世界で、やっぱりあんたは修行に入ってるの？」

「まだッ！」

どこまでも元気がよい。

「まだ？」

「うん、そこまでは……」

「いかない？」

「クソ坊主がな、連れて行かん！」

「連れて行かん？　うーん、だけど、あんた、ほられた（捨てられた）わけじゃないでしょう」

「うん」

と素直なのが妙に可愛気《かわいげ》がある。

「やっぱり面倒見てもらっているんでしょう。ね。親切なお坊さんらしいから」

「ふふん」

まんざらでもなさそうに鼻先で笑う。

「わかった、はいはい。あんた以外にほかの人も来ていると思うんだ、ここへね。それじゃひとつ、そちらでよく修行して下さい。ね」

と、大西氏は区切りをつけようとするが、

「修行か……」

と、まだ話をつづけたい様子である。

「修行して立派になって下さいよ」

「オレが立派になるか……」

「なる。自信を持っていい。大丈夫だ」

「ふふふん（またまんざらでもなさそうに笑う）まあ、坊主が何とかするだろう」

「そう。そのお坊さんは非常に人情坊さんだからね。だからその坊さんについてよく修行するんだ。ね？」

「だけどな……まッ、どういうんかのう。涙が出るんだわいッ！」

「ふーん、そう。あんた威張ってるけれども、人情的でいいとこあるじゃないか」

「ふッふッふッふッ……」

満足そうに笑い、一向に帰ろうとしない。

「じゃあ、次の人と代って下さい。その辺に来ているようだから。ね？」

大西氏は帰そうとするが、

「ではなッ！　礼をいってくれ」とねばる。

「どうもよく来てくれました。どうもね。そうやって礼をいいに来たんだからね。こっちも嬉《うれ》しい……」

「これからはそうはならん。出してくれんようじゃ。これからはなかなか……」

「出してくれん？」

「出してくれない、出してくれんとよ！」

いつまでも引っ込みそうにない。向うのくらし（？）は寂しいのだろうか。出て来られたことが余程、嬉しいらしい。

「また機会があるかもわからんよ」

「そのときはな……ふふふふ……まっ、涙が出るわい」

マゴザはやはり佐藤家の先祖の一人だ。私はそう確信した。確信だけでなく何ともいえない懐《なつ》かしさが私の胸に湧《わ》いている。寂しがりやで向う意気ばかり強く、ワルだが妙に純真だ。自分を救ってくれたカク坊さんのことを、わざと「クソ坊主」などといっているところ、まさに佐藤家のキャラクターだと思う。

「それでは、まあ、さようなら。次に代って下さい」

大西氏がいって、漸くマゴザは引っ込んだ。

榎本氏は頭を垂れたまま動かない。五分近くもそうしていてからやっと正面に向って顔を上げた。待ち構えていた大西氏が「どなたですか？」と訊《き》く。間髪容《い》れず、

「ウォーッ」

けもののような咆哮《ほうこう》が放たれた。両手は固く握りしめられ左右に開いてブルブル慄《ふる》えている。

「あなたはここの方？」

と大西氏。

「ガォーッ……ウワーン、グワァ……」

握り拳《こぶし》を頭上に上げて振り廻しつつ咆哮しつづける。愈々、アイヌが出たのだ。大西氏は声をはり上げ、

「わかりました。伺いましょう。何か怒っていられることなんだ……腹が立っていることなんだね」

そういう間も榎本氏は体を慄わせ、踠《もが》くように両の拳を振り廻しつつ、咆哮をつづける。顔面は紅潮し、顳顬《こめかみ》の血管が怖《おそ》ろしく怒張して太く浮き上っている。今にも破

裂しそうだ。負けじと大西氏も声をはり上げ、

「はい、伺います、伺います。伺いますから、はい、鎮めて」

　というが、その声は向うの耳には入っていないようだ。喚《わめ》いて喚きつづけるが威嚇《いかく》しようとしているのではなさそうだ。そんな意識などケシ飛んで、溜《たま》りに溜っていた憤怒《ふんぬ》と怨みのマグマが流れ尽くしてしまうまでは止めようがないという様子である。

　大西氏は、少しもひるまず、

「鎮めて、鎮めて。はい、鎮めて下さい。よく伺いますから。伺います、伺いますよ」

　と大声で立ち向うさまは、さながら火焔《かえん》に挑む消防士のようである。その声とアイヌの叫喚とが重なり合って部屋を圧する。すさまじい光景だ。大西氏は大声ながらも冷静さを失わず、

「はい、伺いますよ、はい、はい。ここの方ね？」

　と声をはり上げる。ここの方ね？　という言葉に、榎本氏は高く拳をふり上げた憤怒の形相のまま小さく頷《うなず》き、また新たな怒りがこみ上げて来たように、グワァ、ウワァ、グォーッと絶叫する。大西氏は構わず、

「怒っているのね。それはここの土地のことなんでしょう」

と大声でいう。榎本氏は猛《たけ》り狂い、今にも摑《つか》みかからんばかり。それを無視して大西氏は訊きつづけた。

「そうですか。ここの土地に家を建てたということね？」

「ウウワァ……ウワァ……」

「さっきね、あそこ（山）へ行ってお参りしたところがあるんだ。あそこね？」

「ウウウわァー、が、がァーッ、グォーッ」

「わかった、わかった。あそこに行ってね、ちゃんと礼儀を尽くして……ね。礼儀を尽くしたでしょう？　ね？」

榎本氏、聞く耳持たぬというふうに頭の上で両手を振り廻す。

「はい、わかったわかった。はい、伺います、その怒りをね」

榎本氏の叫喚はつづく。何をいっても耳に入らない、入れまいとするように跪く。いても立ってもいられない、自分で自分をどうすることも出来ないという風《ふう》だ。暴風雨に揉《も》まれしだかれているように叫喚しつづける。

ここで大西氏は戸隠の神の助けを祈ったのであろうか。暫くの間、口の中で何ごとか唱えつづけ、その後で気持を改めたように榎本氏に問うた。

「あなたはね、伺いますよ。アイヌの方ですか？」

榎本氏は相変らず叫んでいたが、叫びながら僅《わず》かに頷いた。

「そうですか。そうするとさっき、あそこに行ってお祀《まつ》りをしたところ、あそこはあなた方の霊場ですか？……わかりましたよ。そう思ったんで、あそこへ行って礼を尽くしたんだ。みんなで……」

榎本氏の唸《うな》り声には構わず、大西氏はつづけた。

「我々は別にあそこを侵したわけじゃないんだ。ね。あそこに行って代ってお詫《わ》びをしたわけだ。わかりました。長いこと腹が立っていたんでしょうね。それはね、ずっと昔の我々の先祖があなた方を侵したんだ。ねッ？　代ってお詫びをします。わかりました、わかりました、お詫びをしますよ。ごめんなさいよ。もう今はね、時代も違うし、あなた方を虐《いじ》めた人たちも、もうとっくに死んじゃったんだ。そちらの世界に行っているんだ。ね？　今、怒ってもしょうがないんだ。代ってお詫びをいたしますから。ねッ？」

その間も榎本氏の唸り声はつづいていたが、

「あそこはあなた方のお祀りをしたところ？　住んでいたの？　どっち？」

と大西氏が訊《たず》ねた時、初めて唸り声がやんで言葉が出た。

「住・ん・で……神を、祀っていた……」

地の底から出てくるような、怒りにくぐもった低いが強い声だ。
「ああ、神を祀っていたところね。そういうところでしたね」
その言葉に何か触発されるものがあったのか、又もや榎本氏は喚く。
「ごめんなさいね。我々の先祖がそれをやったんだ。申しわけなかった。ね、代って
お詫びをしますからね。あなたは……あなたはその中でどういう人？　酋長《しゅうちょう》さん？」
榎本氏、拳をふり上げたまま、首を横に振る。
「違う——あそこで我々の先祖があなた方を襲って殺したとか……そういうことがあ
ったの？」
榎本氏頷く。少し憤怒が治まってきたようだ。
「あったの……うーん、そうでしょうねえ。それは申しわけなかったね。その人はも
う死んだんだ。ね、罪を犯したために苦しんで死んでいるんだから、ね、許してやっ
て下さい。代ってお詫びをしますからね。この裏の方で、この前……去年の十一月、
あそこにお詫びのお祀りをしたわけですよ。あなた方の仲間の人に来てもらって、あ
そこでお祀りをしたの、届いていませんか？」
榎本氏、静かに聞き、頷く。
「うーん、そう。それは確かにお祀りをしたんです。こちらも心を籠《こ》めて、ここに今、

家を建てた佐藤愛子さんという方、その方が沢山のアイヌの人たちを集めて、あそこでお詫びのお祀りをしたんだから。届かなくてもよく今、反省して下さい。ちゃんとあそこにお祀りした跡もありますし。こちらの願い事、それから祀り事、あなた方に対してお詫びをしたこと、それは今、念の世界には残っているでしょう。ね、今は、あそこへ行って、あそこで詫びたお祀りをしたこと、それはわかるでしょう。ね、だから、こちらはそういう心を持っているんだから、ね、まあ、許して下さい。ね。今後ともあなたたちに対する詫びと感謝の心を忘れないから。申しわけない。何かすればいいですか」

大西氏の説得は懇切で真情に溢《あふ》れている。榎本氏は静かに聞いている。だが言葉が切れると、思い出したように唸り声を上げる。拳はふり上げたままだ。

「もう今さらお祀りをしてもしょうがないでしょうから、ここでお詫びするよりしょうがない。ここにいる人は別に罪を犯したわけでもないんですからね。だけどこの話を聞いてみんな同情しているんだ。あなた方が酷《ひど》い目に遭って殺されたり、いろいろされているんでしょうから、それはお詫びします、ね？」

拳をふり上げたまま、黙って聞いていた榎本氏は、ここでくぐもった声で、

「せ・め・て・」

といった。

「せめて？」

大西氏が促すように訊くと、再びもとの強い調子になって叫んだ。

「前に出てこいッ！」

「はい」と大西氏は答え、私に向って、前に出て、お詫びをして下さい、といわれる。

私は榎本氏の前に躙《にじ》り出て、畳に手をついて頭を下げた。

「ここの当主である佐藤愛子さん、今、お詫びをしておりますから、頭を下げており
ますから」

といい終らぬうちに榎本氏は、

「ウゥーん」

と唸って、やがて歯の間から怒りを押し出すようにいった。

「ここに……お前ども……お前の後ろにわれらの知らぬ者がある」

「何ですか？」

「わしらの知らぬ者がおる！」

苛《いら》立った声だ。

「知らぬ者がある？」

榎本氏は歯がみするように、口惜《くや》しくてたまらぬというような声音でくり返した。

「――お前を懲《こ》らしめられなんだ……懲らしめられない……懲らしめられない……」

「それは……背後にこの佐藤さんを守っている者がいたわけね……」

と大西氏はいった。


もう何年も私は孤独な戦場に、まさに孤軍奮闘という趣で身を晒《さら》してきた。この私を守護する存在があるとは、夢にも知らなかった。そんなことなどある筈《はず》がないと思っていた。二十歳までの人並以上の幸せと帳尻《ちようじり》を合せるためのように、乗り越えなければならない困苦が次々にやって来、その都度、私は力をふり絞ってそれを乗り越えてきた。それを自力でなし遂げたと自負していた。

だが今、アイヌの霊の憤怒を浴びながら、私はさまよう荒野を蔽《おお》う厚い雲間から、私に向って落ちている一筋の日の光があったことを知ったのだった。

6

――私を守っている存在がある――

アイヌの怨霊《おんりよう》と大西審神者《さにわ》との問答によって私はそれを知った。だが守っている存在とはどういう存在なのか。人にはみな、守護霊団がついていて、四百年前から七百年前に他界した先祖の霊魂である主護の霊を中心として、指導霊、支配霊、補助霊の三役がその人を守りあるいは導き、運命をコーディネイトしているということを、私は心霊知識として学んでいた。従って、信じているといってもその信じ方は観念的なものだったのだ。

「お前の後ろに知らぬものがおる……お前を懲らしめられなんだ、懲らしめられない、懲らしめられない……」

アイヌの怨霊が榎本氏の口を借りて切歯《せっし》扼腕《やくわん》するのを見て、大西審神者が、「それは背後にこの佐藤さんを守っている者がいたわけね」といった時も、私は私を守る存在とは果して守護霊なのか産土神《うぶすな》なのかわからなかった。しかしながら改めて私の来し方を考えてみると、二度の結婚の破綻《はたん》、倒産、借金苦など、息つぐ間もなく波瀾《はらん》に見舞われて、しかし人一倍元気に生きて来られたのは、私を守り、力を貸す存在があるためにちがいない。そう思い当ると、何があっても恐れずに進むぞという新しい気力が生れてくるのだった。

切歯するアイヌの怨霊に向って、大西氏はいった。

「しかしね。佐藤さんは何も知らずにここに家を建てたんですよ。そして悪かったと思って今、お詫びをしたんだからね。許して下さい。あなた方をその昔、傷《いた》めたというのはね、ずっと我々の先祖の……つまりシャモといいますか、それが要するに悪いことをしたんだからね。私たちはやっぱり、シャモの後輩としてみると、代ってお詫びをします。ま、許して下さい。ね、ね……」

大西氏の言葉の間も、アイヌの怨霊は拳を握りしめ、「カッ、カッ、カッ」と咽喉《のど》の奥から怒りの叫びを噴き上げ「ウーウーッウーン」と唸りつづけている。大西氏はそれに構わず、

「ですからいつまで怒っていてもしょうがない。我々の詫びを容《い》れて下さいよ。どうかそのカタマリ、その怒りのカタマリのげんこつをひとつ解いて下さい。ね、お願いします」

しかし榎本氏がふり上げている拳はますます固く握りしめられ、そこに籠《こも》った怨《うら》みと憤怒にブルブル慄《ふる》えている。

「いやいや、解けんッ! うんッ! ウウゥーッ、ウウーン……」

怒りというよりは殆《ほとん》ど苦悶《くもん》しているかのように見える。大西氏は落ちついて、

「だけどそれはね、時代が違うんだから。いくらあなたがげんこつ固めても、もうしようがないんだ、今は。それよりも私たちは温かい心を持ってあなたにお詫びをし、

温かい心をもって今後ともやっぱりあなた方を拝むことは忘れません。愛情を忘れない。ね、愛情を持ってこれから詫びの心を持って行くから、それを解いて下さい。その怒りを解いて下さいね」

榎本氏はもはや言葉にならない怒りの頂点。

「グ、ク、ク、ク……グッ、ウーンッウーンッ」

と今にも息が絶えそうに悶《もだ》える。

「わかりました、わかりました、わかりますよ、ね、それはよくわかる……」

大西氏はどこまでも穏やかに誠心を籠めていうが、その落ちついた物腰に却《かえ》って怒りを増幅させられたかのように、

「ウウウー、ウウーッ」

身の置き所がないといった風に唸り、

「目の前で殺されたんだぞーッ！」

腹の底から絞り出すような声は嗄《しゃが》れてきた。

「わかりました。それはね、それは我々が知らないことなんだ……」

と大西氏がいいかけるのにおっかぶせて、

「親もッ……子もッ……仲間もだァーッ……」

「うんうん、それは聞いていますよ。私なんかも聞いてね。非常に気の毒だと思っています。悪いことしたと思っています……ね。それはあなた、いつまで怒っていたってきりがないでしょう……」

「シャモがッ」

と喚《わめ》く。

「シャモは悪い。悪いけれどもそれもあなた方を侵したために苦しんで死んでいるんですよ。(ウゥーンという唸り声)そちらの世界で見えると思うんですよ。普通の死に方してないと思うんです。みんな苦しんで、そちらの世界に行っていると思うんだ。(フーッと大きな吐息)もう今は時代が違うんだからね、だから、我々はあなた方に対して詫びもするし、それからまた、この土地を与えてくれたということに対しても感謝もしてます。ね、ここにいる人たちの半分も、こちらの人、北海道の人もいるんですから。その人たちはみんな、あなた方の土地を、要するにもらったんだからね。感謝していますよ。ね、だからお詫びをします……」

少しの沈黙の後でアイヌの怨霊はいった。

「……詫びてか……まだ……心が……心が……」

こみ上げる怒りのために言葉が出ない。息が詰って苦しそうに吐き出した。

「心が……解けん！……」

「解けん？　解けんといってもね。あなた方を侵した人たちはもう死んじゃってるんですよ。罪を犯したために。それをあなた、いつまでも怒っていてもしょうがないんだよ。私はわかることをいってるんだから。代って詫びているんだし、今後も詫びるということを忘れないです。ね、だからね、今後とも温かい心をもってあなた方に対して接しますから……ね？　霊の世界であなた方が生きているということを、ちゃんとぼくらはわかっているんだ。わかっているから今日、これがあったんです」

大西氏は諄々《じゅんじゅん》と説く。

「知らない人が多いんですよ。死んだらもうそれっきりで何もないと思っている人が多いんだ。ところがぼくらはそれをわかっているんだ。ね、ちゃんとそちらの世界で、憤慨して涙を呑《の》んでその場に残っているということはわかっているんだ。わかっているから、こうやってお詫びをするんだ。ね、ここらでひとつ、その怒りを解いて下さい。もうしょうがないんだから……。お願いしますよ」

それでも榎本氏は執拗《しつよう》にげんこつを上げつづけ、

「お前ら、みんな……シャモの身だろ！」

と攻撃をつづける。

「別に肉親というわけじゃないけれども、同じ民族なんだ……日本人だ……」

と大西氏。榎本氏は沸騰《ふっとう》する悲憤に駆られて絶叫した。

「ここのみんなで……シャモみんなで……おれに謝れ！……」

大西氏は落ちついて、

「皆さん」

と我々の方に向き直った。

「ここへ来られたのはひとつの因縁だ。因縁があったんだ。皆さん、ひとつ『お詫《わ》びします』と大きな声でいって下さい」

期せずして一同は、

「お詫び申します」

「申しわけありませんでした」

など、ガヤガヤと声を上げた。中には仕方なくいった人もいただろうし、いわない人もいただろう。私は畳に手をつき、謝罪の「気」を籠《こ》めて頭を下げた。

「こうして全部、あなたにお詫びしているんだ。代って……先祖に代って。……いいでしょう。許してやって下さい」

榎本氏はそれには答えず、ふりかざしていた両手のげんこつを更に固めて怒鳴った。

「そこの若いのッ！　気が入らんぞッ！」

居並ぶ人たちの中に、頭を下げなかった青年がいたらしい。それが目に入ったのか、それとも謝罪の「気」を受けなかったのか、忽《たちま》ち反応したようである。大西氏はすぐにそれを受けて、

「頭下げて」

と青年に命じ、

「お詫びします。はい、ちゃんと頭を下げてお詫びしてますから許してやって下さい。申しわけないです。申しわけない。申しわけありません。はい、どうも申しわけありません。どうかその怒りを解いて下さい。そのげんこつを解いて下さい」

ひたすら懇願する。榎本氏は拳をゆっくり下げながら、疲れ果てたように、

「うーむ」

と唸《うな》った。

「申しわけありません。ま、私らはこういうことだと知らなかった。知らなかったから話を聞いてびっくりしたんです。あなた方の子孫の人に萱野茂《かやの》という人が今あるの。あなた方のそのいろんな遺物を飾って、守っている人、萱野茂という人。今日、その人にも会って、いろいろな話を聞いてきた。その人は日本全体にね、我々の先祖のや

った悪いことをね、ラジオというものがあって、ラジオというものでお話しになった。毎朝、五日間も、日本全国に向ってお話しになった。私はね、それを聞いて、随分悪いことをしたんだなあと、申しわけないと思った。それでお詫びをかねて北海道へ来たんですよ。その人にも今朝会ってきたんです。そういうわけですから、ひとつ解いて下さい。申しわけなかったですね。その怒りのげんこつを、ひとつ、まあ、解いて下さい。もうやるだけのことをやり、みんなも、要するに、それを謝罪してるんだから。怒りっ放しでもしょうがないでしょう……。怒っている者も辛《つら》いと思うんだ。ね、長い間、怒らせて申しわけありませんでした。恐らくもう百年以上の間、あなたは怒っていたんでしょう。そいつをこの一瞬で詫びて、その怒りを解いてもらうというんですからね。まあ本当に、そちらには忍べないことを忍ぶことになりますけれども許して下さい。申しわけありません……」

榎本氏はじっと聞いている。大西氏の説得は誠心が籠っていて、榎本氏のふり上げた拳は少しずつゆるんで下ってきたようだ。

「で、あなたにご先祖はあるわけでしょう？　ね、だから今度はそのご先祖の所へ行って、浄化して、高い所へ行って下さい。長いことこの現世に近い所で苦しませて申しわけなかったけれども、浄化して、鳥が啼《な》き花が咲く、そちらにも立派な里があるんですから、そこの里へひとつ、行って下さい。そこにはあなた方の先祖も沢山いらっしゃるんだから。

ご先祖をちょっとお呼びしましょうか。あなたが尊敬していた先祖の方、だれかいらっしゃいますか？　おばあさんとか、おじいさんとか、いらっしゃるでしょう。どなたですか？」

考えるように少し沈黙していた後で、「前の酋長《しゅうちょう》だァ」と嗄れた声が歯の間から押し出されてきた。

「ああ、酋長さんね。あなたの名前を伺いたいんですが、何という方ですか、あなたは？」

すぐに答が出ない。思い出そうとしつつ、

「マエ！……マエという……」

と頼りなげにいった。

「マエさん……？」と大西氏が確かめるようにいうと、考え考え、

「……メシ……」といい、

「何と……」

といい詰る。死んで百年も経《た》てば自分の名前も忘れてしまうらしい。

「よく考えて下さい。もう長いこと自分の名前を呼ばれたことがないから忘れちゃっているんでしょう……。よく考えて、ね。ゆっくり考えて……。こうやってあなたとお目にかかれたのは縁があるんだからね、ひとつ名前くらい聞かせて下さい」

と大西氏は親しみの籠る穏やかな語調でいった。

「わかりましたか？」

考え考え、やっと、いった。

「人は……マイと呼んでいたか……」

マイかマエか判然としない。

「ああ、マイさんね……あなたをそう呼んでいた……お年は幾つぐらいだった？」

「二十八」

「二十八歳なの、ああ、じゃあ屈強な若者だったんだな」

素直に「うん」と首を縦に振る。

「あなたには奥さんがあった？（榎本氏領《うなず》く）うん、子供さんは？……奥さんの名前は何というの？」

暫《しばら》く沈黙のまま、考えつつ静かな語調で、

「花の名前だったな……」

「ああ、そうか、それはよかったね。……わかった。それからお子さんは？　子供さ

と大西氏が問うのに榎本氏は頷く。

「ああ、そうですか。細面の奥さんだった？」

といった。藤村氏も霊視の能力がある。

「細面《ほそおもて》の人だね、奥さんね」

といってから藤村氏は、

「ユリエかな……」

と大西氏が藤村氏に問うた。

「藤村先生、何かアイヌの花の名前というのは……」

榎本氏本人の意識が働いたものか、霊が察知したものかはわからない）

「先生」というのは同席しているアイヌ研究家藤村久和氏のことである。（この件《くだり》は

「ここに先生が来ているから、わかるかもな」

と大西氏は復唱する。

「ユリの名前のようだった……」

「ユリの名前のようだったかな」

「花の名前？……」

ん は？」

暫く考えてから、

「二人」

「男？　女？　男の子は」と訊《き》こうとすると、すぐに、

「一人」

と答が返った。このあたりから榎本氏は平静になっている。

「一人が男……。どっちが上？」

「男」

「それが長男だな。何という名？」

「アイヌの言葉でウサギという名をつけた。アイヌの言葉のウサギ」

「アイヌの言葉のウサギというと、シャモが呼んでるウサギとは同じですか？　そういうものはありますか」

と大西審神者《さにわ》は藤村氏に問うた。

「カイクマじゃないかな……」

と藤村氏。

「どうですか？」と大西氏にいわれ、榎本氏は、

「カイ……カイ……？」

としきりに考える。

「カイクマというんですか？」

大西氏に念を押されて藤村氏は、アイヌの言葉はその土地というか地区地区で違うから……と答える。大西氏は女の子の名前を榎本氏に訊いた。

「啼く鳥――」

今度は考え込まずにすぐに答えた。

「啼く鳥――これはシャモの言葉で……」

と大西氏は藤村氏に顔を向けたので藤村氏はこう答えた。

「鳥の名前ですか？……シカプレというのはあるんだけれども。……シカプレというのが、鳥が啼くという意味ですね」

大西氏は榎本氏に向いて、

「シカプレ――そういう名前じゃないですか？　どうです？　思い出して下さい」

今は激情の鎮《しず》まった榎本氏、低い声でゆっくりと、

「啼く鳥を聞いてつけたんだ。鳥が啼くさまを見てつけたんだ……。鳥が啼く様子を聞いてつけたんだ……」

幸せだったその時を思い出しているような、しみじみした声音でいった。

「そうすると、ハウェサウケとか……」

と藤村氏がいうと、榎本氏は思い出したか、

「ハウェサン……ケまではない」

と訂正した。

「ああ、ハウェサン。鳥が声を出すということです。『ハウェ』というのは声です。『サン』は出す……」

と藤村氏。

「ハウェサンね、ああ、そうですか。どうもありがとう」

その時、榎本氏は何度か左手を胸の前で廻した後、右肩から胸にかけてをなで下ろす仕草をくり返した。大西氏が気がついて、

「何ですか、それは？　それは何か？……」

と訊《たず》ねると、榎本氏は激しく咳《せ》き込み、そしていった。

「斬《き》られたァ……」

弱々しい嗄れた声だ。大西氏はすぐに察して、

「ああ、そうか。わかりました。それはどうですか。痛みはまだありますか？」

「すこし……」

という。

「少しある——。治しますよ。私、治せるからね。前から刀で斬られたのね」

いいながら大西氏は榎本氏の所へ立って行き、右肩から胸まで静かにさすり、

「イエーッ！」

と気合を入れて、「どうです？」と訊いた。

「温かくなった……」

榎本氏は低い声でいう。

「温かくなった？……うん、よかった」

大西氏はもとの座に戻る。その時、榎本氏はゆっくり左手を前に出した。

「これは？　何だっていうんですか？」

いぶかしげに大西氏はいったが、その手は私に向ってさし出されていることが私にはすぐにわかった。

「せめて……水を一杯欲しい……」

「水を一杯。はい、かしこまりました」

大西氏の返事に重ねるように低い声が、

「さとう……」

といった。一瞬「さとう」は「砂糖水」のことかと思ったが、「さとう」は「佐藤」で、私に水を持って来るようにといっているのだと私はすぐ理解した。コップに汲《く》んできた水を渡すと、榎本氏はゆっくり飲む。やがて吐息と共に、

「うーむ……」

歎息《たんそく》とも満足ともつかぬ唸《うな》り声を洩《も》らす。それを見て大西氏、

「それで……浄化していただきたいんですが、浄化ということ、わかりますか？」

榎本氏は首を横にふる。

「浄化というとね、今まであなたはね、その……憤慨したために行く所に行けなかったんです。やっぱり、その、苦しみを持っていたから。ね、今度は別の、鳥が啼き、花が咲くという世界がそちらにもあるわけです。そこへ行って、あなた方のご先祖とひとつ、一緒になって下さい。ご先祖のいらっしゃるところへね。そこにはね、おそらくあなたの奥さんも子供さんもいると思うんだ。そこに奥さん、子供さんたち、いますか？　会わないでしょう？（榎本氏、微《かす》かに頷く）子供さん、奥さんのいる世界があるんですよ。そこへひとつお迎えを頼みます。どなたがお迎えに来るかわかりませんがお願いします。……先祖の年寄りが来るかもわからない」

そういって大西氏は小声で祈念を始めた。榎本氏は黙然と坐っている。

「はい、もう見える時分ですよ。見えたら『来た』といって下さい」

尚《なお》、祈念を続ける。

「はい、まだ見えませんか。来ない？」

榎本氏、無言。大西氏、再び長々と祈り続ける。様子が変ったらいって下さいよ、と私たちに頼む。やがて、榎本氏は、

「ううーん」

と呻《うめ》いて、

「そこにおる――」

と右の方を指さした。

「見えた？」

大西氏はほっとしたようにいう。すると榎本氏は今までとはうって変った落ちついた語調でいった。

「経文を唱えて下さい」

大西氏はいそいそと、

「経文をね、ハイハイ」

といい、それじゃ上げますよ、といって力強い声で心霊主義の祝詞《のりと》である導きの詞《ことば》を唱え始めた。

「この祝詞《ことば》我ら霊縁の諸々《もろもろ》の霊魂《みたま》浄化に奉る《たてまつ》。幽に入りて尚肉体《からだ》あるが如《ごと》くの念持つ魂《たま》も冥府《めいふ》に眠れる魂もその他もろもろ自然霊界の魂もよく聞《きこ》し召せ。現世《うつしょ》にあらざることを悟れば幽魂に病もなく、食欲も迷にて、黄金宝の欲、その他諸々の欲も皆摂理《みち》にあらず。霊魂には悔も恨も今は蔭《かげ》なり、何《いず》れの魂も皆神の分霊なるが故《ゆえ》に神を信じ修行の道に使者《つかわし》となるべし……」

大西氏の祝詞は更につづき、やがて「大祓戸大神《おおはらえどのおおかみ》」を連唱し、「大神《おおかみ》大神稜威赫灼《みいつかがやく》尊也哉《とうとしや》」で導きの詞は終った。

「エェーイ、エイッ！」

と大西氏は気合を入れ、そしていった。

「いかがですか？　届きましたか？」

榎本氏は黙然と端坐している。静寂が落ち、アイヌの怨霊マイは去った。

7

この地で夏を過すようになるまで、私はアイヌ民族について片々たる知識しかなかった。汽車の便しかなかったかつての北海道は私たちにとって一生涯足を踏み入れることがないにちがいない遠い異国だった。そこは荒寥《こうりょう》たる原野と山があり、アイヌと呼ばれる民族がいる。極寒の地だからその人たちはたいそう毛深いということくらいの知識だった。

この地で初めて聞いた話は「アイヌ勘定」といわれる話である。かつてアイヌ部族は鰊《にしん》や鮭《さけ》を獲《と》って日本人と物々交換していたが、例えばマキリ（小刀）一挺《ちょう》と鮭十本を交換する時、日本人はまず、「始まり」といって一本取り、次から「一本」「二本」と数えて行き十本まで数えると、「おしまい」といって更に一本加え、結局は十二本取る。中には五本まで数えてから「真中」といって一本加え、十三本取ることもあったという。

自給自足、魚であれけものであれ、すべての生物には神が宿っていて、自分たちに食べられることによって神が自分たちの命の糧《かて》になってくれていると考えているゆえに、当然売買の観念も経験もない。大自然の中で、自然が与えてくれる物を工夫して生活してきた彼らは、従って人を疑うことを知らない淳朴《じゅんぼく》な人たちだった。そんなアイヌ人の無垢《むく》な人となりにつけ込んで懐《ふところ》を肥した日本人は少くなかった。

酒の味を覚えたアイヌの男がいて、酒屋へ毎朝一杯のコップ酒を飲みに来る。だんだん深酒になっていって、夜も来るようになった。支払いは月末払いだから飲む度に酒屋は帳面につけていたが、そのうち、そのアイヌの男が店の前を通っただけで、飲んだことにして帳面につけるようになった。店の前を往復すれば二杯つける。アイヌには文字というものがなかったから、帳面を見せられると、それを信じたのである。しかし金はないから払えない。そして知らぬうちに嵩《かさ》んだ酒代の代りに住んでいる土地を取られてしまう。誰々はそうして大地主になったのだという話はどこの町にもゴロゴロしている。

榎本氏に降りた青年マイの憤怒には何の悪意も持たず謙虚に暮していたアイヌの集落が、武士集団に壊滅させられた、その怨念《おんねん》に満ちていた。それは多分江戸時代のことだろう。明治になると「アイヌの皇民化」ということを政府が考え出し、アイヌは日本人の名をつけられて戸籍簿に載せられる決りになった。当時の戸籍簿の中には、「ふんどし」とか「はなくそ」という名前がある。アイヌ民族には、子供の命を神に奪われないようにと、その名にわざと汚い物の名称をつける風習があったという。それにしても戸籍簿を作る役人は面白がってわざとそのまま日本語にして記したのかもしれない。そうだとしたらあまりにむごたらしいやり方ではないか。日本人がアイヌをバカにした話として、この地で私が知ったのはその二つ三つでしかなかった。だが青年マイの憤怒《ふんぬ》の中には日本人がこの地に侵入して来た一一八九年頃（奥州藤原氏の残党が逃げ込んだ時）から長い長い蝦夷《えぞ》侵略の歴史と、日本人の傲慢《ごうまん》が刻み込まれていたのだ。私は初めてそのことに直面した。

8

アイヌの男、マイの招霊実験が終った夜、私は長い苦しい旅を漸《よう》く終えた旅人のように、疲労と安堵《あんど》の中で眠った。思えば長い道程《みちのり》だった。この地に夏の家を建てたのは昭和五十年の夏である。昭和から平成へと年号が変ってもう三年目だった。五十一歳だった私は六十七歳になっている。十六年の歳月が超常現象と共に流れたのだ。

「それにしても、よく、ここまで頑張りましたねえ。逃げずに」

招霊に立ち会った人々からそういわれると、まったくその通りだと思い、これで終ったのだ、終ったのだ、と何度も確かめるようにいい、改めて審神者《さにわ》大西氏のどこまでも平常心を失わない力量の素晴しさや、霊媒としてあれほど激烈な「マイ」の憤怒を受け止めて、長丁場を切り抜けた榎本氏の強靭《きょうじん》な心身への驚きや感動を語り合う。それにつけても日本でも有数といわれる優れた心霊家に廻り合うことの出来た私には、もうとっくになくなったと思っていた幸運がまだ残っていたらしいと自信をとり戻したのだった。平成三年五月三日のことである。

翌日客たちを送り出した後、私は晴々と東京へ帰った。溜《たま》っていた仕事を順調にこなし、ほっと一息ついたのは一週間後のことである。書斎を出て台所つづきの居間へ行くと、家事手伝いのTさんが流しの前でブツブツいっている。

「あの人はまったく……何という使い方をするんだろう……」

Tさんはもう一人の家事手伝いのNさんと一日交替で来てくれている。Tさんのいう「あの人」とはNさんのことらしい。どうしたの、といった私に、Tさんはプリプリして答えた。

「この洗剤ですよ。おとつい買って来て、使わずにここに置いといたんですよ。なのに見て下さい。もうこんなに……」

Tさんがさし出している洗剤の容器の中身は、三分の一ほど減っている。

「容器をひっくり返したのかしら」

と私はいい、問題はそれだけで終った。

その翌々日のことだ。座敷の縁側のテーブルの上に鳥籠《とりかご》が載せてあって、そこにはインコが一羽入っているのだが（それは妊娠した娘が、生れて来る嬰児《えいじ》には小鳥の羽毛が害があると聞いて預けに来たものである）、そこを通りかかった私は止り木のインコが白眼を剝《む》いて固まっているのに気がついた。近づいてよく見るとインコは白眼を剝いているのではなく、固く瞼《まぶた》を閉じている。その瞼が真白なのだった。改めて見ると餌《えさい》入れには餌が入っているのだが、水入れは拭《ぬぐ》ったように空っぽである。

水は前夜遅く、私が水入れの口もとまで入れた。少しは減っているとしても一滴もないのは考えられない。インコは置物のように止り木に硬直している。丁度そこへTさんが来た。Tさんは自他共に許す動物好きで、よその家の犬が粗末にされているのを見ると憤慨して、勝手に世話をやきに行くという人だ。Tさんはインコを見てびっくり仰天して、インコを手に近くのアニマルクリニックへ走って行った。間もなく元気になったインコを抱えて帰って来た。脱水症状でもう十分遅れていれば間に合わないところでした、とドクターにいわれたという。

水入れいっぱいの水を一晩のうちに飲み尽して、それで脱水症状とは腑《ふ》に落ちなかったが、ともかく元気になったのだからそれでよいことにするしかない。それにしてもTさんが来るまではこの家には私しかいなかったのだ。誰かが水を捨てたのだとしたら、誰なのか？　「へんですねえ、おかしいわねえ」とくり返すTさんに生返事をしている私の胸を、いやァな影が過《よぎ》った。

その夏、娘の出産が予定されていたため私たちは北海道の家へは行かなかった。五月の招霊実験の結果を確かめることが出来ないままに、私は「すべて解決出来た」と信じていたのだ。

インコの件があって間もなく、今度は仔犬《こいぬ》に異変が起きた。この仔犬はシーズー種で娘の飼犬だったが、たまたま娘が連れて来た時に私がひどく気に入って、そのまま預かっていたのだ。その前から我が家には二匹の雑種犬がいて、それは庭で飼っていた。私は犬好きだが、しかし家の中では飼わないという主義で、しかも雑種犬好きである。にもかかわらずなぜか私は「グー」と娘が名づけたその仔犬が可愛《かわい》くてしかたがない。寐《ね》る時も抱いて寐、起きる時も一緒、私が仕事をする時は膝《ひざ》の上で、鉛筆を嚙《か》んだり机の縁を齧《かじ》ったりしている。それでも私は机が齧られて行くのを黙認するほどだった。

そのグーがある夜、突然、私の膝から飛び出して応接間のソファの下にもぐり込んで出て来なくなった。無理に引っぱり出して抱いてやっても踠《もが》いて飛び出し、箪笥《たんす》の後ろやベッドの下に隠れる。何かに怯《おび》えて逃げ惑っているふうだ。昼間は元気でいるが夜になるとそれが始まる。

そのうち黄色い液を吐くようになった。アニマルクリニックで診て貰《もら》うと、腎臓の数値がひどく下り、胃は普通の胃袋の半分くらいになってカチンカチンに固まっているという。こういう症状が起る時は火事か何か危険に巻き込まれて怖い思いをした時とか、飼主からひどく虐《いじ》められている時、もう一つはひどく怖《おそ》ろしいものに出会った場合だといわれた。

確かにグーは夜になると怯える。しっかり抱いてやっていても、突然ピクン！　と耳を立てたかと思うと私の腕の中から飛び出して、ベッドの下に入ってしまう。ひどく怖ろしいもの——。私には見えないそのものがグーには見えるようだった。

私の胸をいやァな予感が横切った。

——怨霊《おんりよう》はまだ鎮《しず》まっていないのではないか？

最初はインコ、それから犬。私の家の中にいる生き物が狙《ねら》われているとしか思えない。庭にはチビとタローという雑種の雌と雄がいるが、何の異変もないところを見ると、庭に出されているチビとタローを私がグーほど可愛がっていないためだろうか。

グーは日に日に衰弱し（大学病院では幽門狭窄《きようさく》だといわれて手術までしたが）とうとう骨と皮になって死んでしまった。

間もなく動物好きのTさんが時々連れて来ていたコリーが、私の家へ来ると黄色い液を吐くようになった。そして私が杖《つえ》とも柱とも頼んでいたTさんは辞めた。ついにTさんはこの家につづく異変に耐えられなくなったのだ。

漸く私は気がついた。アイヌの男マイは浄化された。しかし、だからといってあの地にあったコタンの部族がみんな浄化されたわけではなかったのではないか。マイは部族の代表として出て来たと私たちは思っていたのだ。だから部族のすべては浄化されたと思い込んでいた。

この家の異常はそれを知らせるために起されているものではないのか？　しかしそれがわかったからといって、一体一体の怨霊を招霊しては謝罪し、説得して浄化させることは不可能である。私は私一人の肩に懸っている怨霊の、底知れない怨嗟《えんさ》に思い到《いた》って茫然《ぼうぜん》とした。

アイヌ民族は自分たちの土地をアイヌモシリと呼んでいた。アイヌという言葉は「人間」という意味であるが（モシリは島）、彼らが「自分たちアイヌは」という時、そこには「誇りある人間」という意味合いを持たせていたという。

アイヌ民族について書かれたどんな史実にもアイヌ民族が自然の万物すべて——山、川、原野、森、樹々、草、そしてそこに棲息《せいそく》しているけものや鳥や魚などすべてのものに神が存在すると信じ、それゆえ大自然の調和を壊すようなことは決してせず、木《き》を伐るにも魚やけものを捕獲するにも、生きるために必要な量だけしか獲らず、その都度それを与えて下さった神に感謝するという、美しい魂を持つ民族であることが記されている。鳥の卵を二つ見つければ、後から来る者のために一つ残しておくという、共存の風習があったということだ。

北海道の二風谷《にぶたに》というアイヌコタンに生れ育った萱野茂氏の「アイヌの碑」という自伝の中にはこんな記述がある。

「父は、その年はじめて鮭が獲れると、鮭を俎板《まないた》に載せていろりの横座に置き、頭を火のほうに、腹を左座のほうに向けます。父は右座に坐《すわ》り、最初に鮭のほうに向いて、ていねいに礼をし、アイヌ語で、

『今日はこの家においでくださって、ほんとうにありがとう』

と言います。次にいろりの火に向かって、火の神に、

『今年になって今日はじめて鮭を獲ってまいりました。どうぞお喜びください。この鮭このものは、わたしども人間が食べるばかりでなく、神々と共に食べ、そして虫のように小さいわたしの子供たちとも食べるものです。どうぞ今後たくさんの鮭が獲れますようお守りください』

とお祈りするのです。」

祈りが終ると鮭を大鍋《おおなべ》で煮て、近所の年寄りたちを呼んで皆で食べる。人々が帰る

時は鮭を持たせ、「あなたの家の火の神を通じて神々に分け与えてください」といったという。

その頃、川を上《のぼ》ってくる鮭は「水面近くを泳ぐものは天日で背が焦《こ》げ、水底近くを泳ぐものは石で腹が擦りそげるほど」だったといわれている。しかしだからといって、決して乱獲などしなかった。自然と共存している暮しの中では、すべては特定の者の所有ではなく農耕社会が産み出した「富」とは無縁だったからである。

だがそのアイヌモシリの平和は奥州藤原氏の滅亡によって、残党の一部が逃げ込んだ頃から次第に失われて行く。藤原氏残党ばかりでなく、アイヌモシリには本州から夜討強盗などの流刑《るけい》囚が送られて来た。それに加えてアイヌモシリの物産を求めてひと儲《もう》けを企《たくら》む商人も逐次増えて行った。そしてアイヌ民族はそれらの和人によって「夷狄《いてき》」「無智の夷」「愚直《こうち》の者」「禽獣《きんじゅう》の類《たぐい》」などといわれる。いわゆる「アイヌ勘定」に象徴される数々の狡智や腕力をもって漁場を奪い、土地の物産を欺《だま》し取った。

そんな和人の怖れ知らずの横暴に、鬱積《うっせき》していた不満が爆発したのが、一四五七年の「コシャマインの蜂起《ほうき》」である。コシャマインは渡島《おしま》半島のコタンの酋長《しゅうちょう》たちを統合する総酋長だった。

この蜂起のきっかけというのは、一人のアイヌの少年が鍛冶《かじ》屋にマキリを作らせた。

そのマキリの値段が滅法高い。その上に切れないというので争いとなって、鍛冶屋が少年を刺し殺した。おそらく鍛冶屋は相手を侮《あなど》っていい加減なマキリを作り、法外な鮭か鰊《にしん》を要求したのだろう。

コシャマインが蜂起したのはその事件の翌年である。渡島半島の海岸には和人側が築いた館《やかた》が十二あったが、コシャマイン軍は次々に攻め落し二館だけが残った。アイヌ軍はまことに勇猛だったのである。しかし「此《この》時上之国の守護（武田）信広朝臣惣《そう》大将として、狄《てき》の酋長胡奢魂犬《コシャマイン》父子二人を射殺し、侑多利《ウタリ》数多を斬殺す。之《これ》に依《より》て凶賊悉《ことごと》く敗北す」と「新羅之記録《しんら》」にある。コシャマインは死に、武田信広は松前藩の祖となり、以後松前藩のアイヌ制圧が始まるのである。

第二の蜂起はそれから二百十二年後、シベチャリ（現・静内町）の酋長シャクシャインによって起った。コシャマインの死後実に二百年余、松前藩はアイヌの温和、善良につけ込んで、一方的な収奪、圧制を行った。例えば奥地に砂金が出ることを発見した松前藩は砂金採掘場を増やし、無宿人や山師たちを狩り集めて坑夫として送り込んだ。彼らによって暴力沙汰《ざた》が頻発し、アイヌ部族の女性は乱暴される。その上、川底の砂を掘るために鮭や鱒《ます》が減ってアイヌの生活は脅《おび》やかされるようになった。それに対して抗議に行ったアイヌエカシ（長老）は酒を飲まされ、落し穴に突き落されて死んだ。

一六六九年六月、シャクシャインの檄《げき》によって全島のアイヌ部族は一斉に蜂起し、夏を迎える頃は松前城下に迫る勢だった。だが秋が近づくにつれて、狩猟用の毒矢や太刀、鑓《やり》で戦うアイヌ軍は鉄砲で攻める松前軍に抗し切れず、シベチャリ川を望む断《だん》崖《がい》の上の砦《とりで》に籠城《ろうじょう》した。そこは鉄砲の弾も届かぬ自然の要害であるため、攻撃軍は和議を申し入れて騙《だま》し討ちにすることを考えた。シャクシャインはその申し出を受け、部下を率いて松前軍の陣営を訪れた。

十月二十三日、和議の酒宴が開かれ、シャクシャインは酒を飲まされ、斬《き》られて死んだ。

翌年、松前藩はアイヌの各酋長に向って、「殿様にどんなことを命令されてもこれに従う」という誓約書を押しつけた。違反した時は「神々の罰を蒙《こうむ》り子孫まで絶え果て申すべく候《そうろう》」と記されていたが、文字の読めないアイヌはわからぬままに諒承《りようしよう》したのであろう。以後アイヌモシリは恰《あたか》も松前領になったかのようにほしいままにされていくのである。

シャクシャインの死から百二十年後、「クナシリ、メナシの蜂起」が起る。直接の原因は江戸の豪商飛驒《ひだ》屋《や》久兵衛のアイヌに対する虐待《ぎやくたい》である。久兵衛はアイヌ虐待史に残る人物だといわれるほど残忍な男で、アイヌを強制連行して牛馬のように酷使した。働けぬ者は殺すと威《おど》し、餓死する者を見捨てた。

当時クナシリ島にはツキノエという剛勇で聡明《そうめい》な酋長がいた。クナシリ島は山が少く従って大河もないために、近海で獲る魚が生活の糧《かて》であった。そのため本島や近くのエトロフ島までやって来るロシア人と交易を結んで生計を立てていた。ツキノエはこの島に和人を入れるとどんなことになるかをよく知っていた。

そこへ飛騨屋久兵衛が船をくり出して乗り込んで来た。ツキノエはこれを拒んで、船に積んであった物品を奪ってしまった。この行動によって、「ツキノエは奸智《かんち》に長《た》けたあくどい男」だという評があるが、ツキノエはひとたび船を入れた時の結果を見通していたからだという反論もある。

飛騨屋からの訴えを受けて松前藩はツキノエを本島から締め出すという報復に出た。本島の和人やアイヌ部族にツキノエとの交易を禁止したのだ。

仕方なくツキノエはクナシリ島に飛騨屋を受け容《い》れることに同意する。そしてクナシリのアイヌ部族は奴隷《どれい》と化した。

しかし「クナシリの蜂起」はツキノエの指導ではない。ツキノエが島を離れている留守の間に、苛酷《かこく》な労働にかり立てられ、報酬は欺《あざむ》き取られ、妻は番人のなぐさみものとされ、労働に耐えられなくなれば殺されるという地獄の日々に我慢出来なくなったアイヌたちが、自然の勢として決起したものである。対岸のメナシ地方のアイヌ部族も忽《たちま》ち同調した。

出稼ぎ先から戻って来たツキノエは驚いて、蜂起軍に反抗をやめるように説得した。反抗をつづけてもやがては松前軍が来てみな殺しにされてしまうことがわかっていたのだろう。蜂起は腰くだけになり、降伏した蜂起の主謀者三十七人はノッカマプの浜辺で処刑された。

そうして「クナシリ、メナシの蜂起」は終熄《しゅうそく》し、それはアイヌ部族が和人に刃向った最後の戦いとなった。

それから約八十年経《た》って時代は明治になった。明治維新によって日本の国は変ったが、アイヌ民族の抑圧の歴史は形を変えて尚《なお》もつづいたのである。

9

私がこの地に夏の家を建てた翌年のことである。東京での仕事を早目に切り上げて、一年ぶりに来た七月の庭の一隅になにやら白い花が風に揺れていて、よく見るとそれはじゃが薯《いも》の花だった。それを植えてくれたのは、下の集落の遠山孝太郎という漁師のおかみさんで、夫婦ともに一目見てアイヌの人だとわかる風貌《ふうぼう》だった。

私の家は岩盤の上に建っていて、植木や草花が育たない、というよりも地面が固くてスコップが入らないという地質である。そこに種薯を植えるのは並たいていのことではなかっただろうと思い、それにしても特別に親しくしているわけでもないのに、こんな親身な気持を示してもらったことが私にはとても嬉《うれ》しかった。

じゃが薯の花は咲いたが、思っていた通り、薯は実らなかった。翌年の夏、私が行くと、今度はコスモスやきんぽう華《げ》が貧弱な花を咲かせていた。もの書きという職業柄、いくらか名前を知られてくると、その虚名のために見知らぬ人の好意を受けることがよくある。しかしこの漁師の集落では私の名など知る人はなく、しかも活字に縁遠い暮しをしているアイヌの人たちにとっては、町の人が「先生」と呼んでいる女はいったい何者なのかさっぱりわからない。わかる必要もないのである。遠山のおかみさんの好意は、ただの「隣人」への純粋な好意なのだ。私はそのことに感激した。

秋祭りの日のことだ。私が集落を歩いていると、祭酒に酔った遠山の親父《おやじ》さんがやって来るのと出くわした。私を認めると親父さんはふらふらと近づいて来て、突然、

「センセエ」

と呼びかけた。

「ここのみんなはオレのこと、オバケのQ太郎っていうんだよう……」

遠山のおかみさんはよくしゃべる明るい女だが、ご亭主の方はいつも黙々と働いている無口な男だ。その男が唐突に話しかけて来たのが私には意外である。だが気がつくといつか私の手は彼の手を取っていて、並んで歩きながら彼はそう訴えていた。

「わかった。今度からそういうことをいう奴《やつ》がいたら、わたしのところへいって来なさい。やっつけてやるから」

そして私たちは手をつないだまま、暫《しばら》く歩いたのだった。

彼の手は何十年もの漁《すなどり》の苦労が染《し》みて、松の幹のように荒れて堅く、今にもガサガサと音がしそうだった。だがそれはただの「潮に荒れた漁師の手」ではない。彼は年の見当がつかないほど老《ふ》けていた。その手は今まで彼が耐えに耐えて来た月日、彼だけではない、彼の血肉の中に染み込んだアイヌ民族の苦闘を語っているようだった。

私たちは暫く黙って歩いた。私は彼の手を握りつづけ、ああ、この人に少しでもいいことがありますようにと祈らずにはいられない。いうにいえない彼の鬱屈《うっくつ》は酒に酔った時にしか口から出てこないものなのだろう。どんな家に生れたのか知らないが、それは生れた時から血の中に沈澱《ちんでん》している遺伝性の病のようなものなのだろう。

私は彼のために何かしたい。けれども私にいったい何が出来るだろう。働き者の彼の暮しは裕福とはいえないまでも今はそれなりに安定している。漁業組合が建てた家は小さいが玄関がついている。テレビもある。いったい何人いるのかわからぬくらいの子沢山。その中にはおかみさんの連れ子も何人かいるという話だが、彼は分け隔てなく子供を可愛《かわい》がっている。汚れた雑巾《ぞうきん》みたいな犬もいる。猫もいる。犬は仔《こ》を産んだのか、夏の夕方、道端に置いた材木に腰かけた彼が、何匹もの仔犬をまわりに群がらせて、楽しそうに犬たちとふざけているのを見た。彼のささやかな幸せのひとときのようだった。その光景は美しく、「幸せ」というタイトルの絵か写真に残したいようで、そう思うと私の目はふと熱くなるのだった。

集落の漁師の中でウニ取り名人といわれている遠山ヤスオもアイヌ部族だった。特別に怖《おそ》ろしげな顔つきの男で、人を寄せつけない雰囲気の大酒呑《の》みだった。酒を飲んで暴れてはアルコール依存症の入院治療をするが、出てくるとまた飲み始める。私はよろず屋の阿部商店で時々彼を見かけた。阿部さんの居間へ呼ばれて一緒にジンギスカン鍋《なべ》を囲んだこともある。だがその時も彼は無口で親しく話をするというふうではなかった。

その彼がある時、突然、私にいった。

「センセエ、色紙書いてくれないかい。『ダン酒』と書いてくれよ」

彼は近々、アルコール依存症のために何度目かの入院をすることになっていた。その時に「断酒」の色紙を持って行きたいというのだ。

私は色紙に「断酒」と書いて彼の入院先へ持って行った。病棟で彼の名をいうと、はにかんだような表情で出て来て、

「すまね」

といった。私が色紙を渡すと、

「これでダン酒と読むのかい」

といい、タバコの外箱で作った蛇の目傘を三つくれた。

「オレが作ったんだ」

はにかんだまま彼はいった。

日本人がこの人たちの父祖の地を侵略し、権力をもって苦しめた残酷な歴史をその時点では私はまだ学んでいなかった。だがなぜか私は何の予断もなく、彼らが好きだったのだ。もう一人、若い遠山夫婦（この集落のアイヌの人たちはみな、遠山という）には睫《まつげ》の長い五つの男の子がいた。阿部商店で店の中をうろうろしている彼を見かけると、私はなぜかいつも小遣いを与えたくなった。小さい手に千円札を握らせる

と私は必ず、

「親孝行するんだよ、いいね？」

といった。

私の気持が伝わるのか、向うも私に親愛を持つらしかった。なぜあの人たちがそんなに好きなのかと訊《き》かれると私はこう答えていた。あの人たちの純真さ、無垢《むく》さ、自然さが、損得の価値基準で動いている東京の生活をほとほといやだと思う私の気持を癒《いや》してくれるからだと。しかし気がつくとその答えは単なる解釈だった。解釈以前のもの、言葉を使っては嘘《うそ》になってしまうもの、それが私の心の底に揺蕩《たゆと》うているのだ。それを彼らは感じ取るのにちがいなかった。

かつて美輪明宏さんの霊視で、私は前世でアイヌの女酋長だったことがあるといわれた。額をハチマキのようなもので縛り、唇のまわりに入墨をし、背に矢を背負っている。この人は酋長だった父か夫かのどちらかが戦いで負けて死んだために、代りに部族を統率して戦場に出て行った。そして負けて死んでいる……。私にはそんな前世があったというのだ。

アイヌの伝承では男が先陣に立って戦う時、女は後方でイナウ（木幣）を捧《さき》げて神に祈るものだとされている。アイヌの女性は穏和で、家事と育児に携るだけで表立つことはないといわれている。だがこの女酋長は女だてらに戦いに出て行って、負けて死んでいるのだ。

彼女が私の前世であるということは私には妙に納得出来た。私にも事業の失敗で破産した夫の代りに債権者と戦って敗北した経験がある。もしかしたら遠山夫婦も酒呑みの遠山ヤスオも、前世で共に戦った人たちかもしれない。そんな辻褄《つじつま》合せをすることは私にはひどく気に入っていた。

アイヌ民族には何の野心も悪意もなかった。彼らはただ自分の生活を守ろうとしただけだ。その歴史を知れば、この執拗《しつよう》な怨念《おんねん》は納得出来る。決して理不尽なものではない、もっともだ、と私は思う。それを聞いた友人は、

「そんな……佐藤さん……あんた……」

と驚いた声を出し、

「あんた、自分を苦しめる者のキモチがわかってどうするのさ」

といった。そういわれればそうだ。かつては女酋長として父（か夫か）の仇討《かたきう》ちに和人と戦った私に、なぜ怨念がふりかかってくるのだろう。私の辻褄合せはそこで止ってしまうのだった。

〔参考文献〕新谷　行「増補アイヌ民族抵抗史」（三一書房）

四章　神界から来た人

1

かつて私は神の存在を信じるかと問われると、こう答えていた。神とは宇宙の意志、天地創造主としての存在である。そういう意味での神を私は信じる、と。

まあ見てごらんなさい、この地球上のあらゆる植物、動物、山、川、森、海——すべての自然を見れば神の意志がそこにあると思わずにはいられない。なにひとつ無駄なものがない人体の構造、それぞれの機能が均衡し調和しているさまを知れば知るほど、造物主の偉大な計画性と創造力に感心してしまう。テレビや図鑑などを見れば、そこには想像の及ばぬ珍奇な形や美しい色彩の魚や鳥類がいて、まさに造物主は緻密《ちみつ》な芸術家でありユーモリストであり、細心の演出家だと感歎《かんたん》せずにはいられない。

ある時、テレビで「ぐんかんどり」という鳥を見たことがある。体は黒く、くちばしの先がかぎ状に曲っている、別にどうということもない鵜《う》に似た鳥である。見ていると突然、のどの下が風船のように膨らみ出して、まるで真赤なアドバルーンを抱えてのけ反り、途方に暮れているという格好になった。説明によると発情した雄は雌の気を惹《ひ》くためにのどの下の嚢《ふくろ》を膨らませるのだという。

発情期に雌の気を惹くために雄に起きる変化は、鳥や虫やけものなどにさまざまな例がある。しかしなにもここまで大袈裟《おおげさ》にやってみせなくても、と思うほどにぐんかんどりは頑張っているのだ。その姿、見るからに苦しそうでかつ、真面目《まじめ》でかつ滑稽《こっけい》である。神はしばしばこういう茶目っ気のある創造をなさる。

獲物を追ってアフリカの草原を迅走するチータの何としなやかで美しい姿態。かと思うとボロを下げた乞食《こじき》さながらのハイエナがうろうろしている。美しいもの、醜いもの、滑稽なもの、醜さから突然美しさへ脱皮するもの、彼らは神のその時その時の気分によって、楽しんで造られたものたちだ。ハイエナは醜い。あまりに醜いので可哀《かわい》そうになるほどだ。ゴミ溜《た》めから出て来たような汚ならしい黄褐色に暗い色の斑点《はんてん》。常にガリガリに痩《や》せていて（丸々と肥えたハイエナなど見たことがない）、その上に声は不気味な笑い声のようだという。ライオンが獲物を食っていると、その食い残した肉を漁《あさ》ろうとして執拗《しつよう》に周りをうろつく。ライオンの僅《わず》かな油断に、さっとかっ攫《さら》って行く。徹頭徹尾醜悪に、救いがないものとして造られている。それらを見ているとダーウィンの進化論だけを信じて納得しているわけにはいかないという気になるのである。

だがその偉大な力を持つ神は、創造はするがそれ以上は何もしない。神は人間を造ったが、造っただけであとはただ見ているだけの存在のようだった。神は助けもせず、教えもせず、罰しもしない。神に正義はあるのか？　と私は疑ったことがある。誰もが認める正直な努力家、人を憎むことも怨《うら》むこともなく、律儀《りちぎ》に暮している人が次々に災難に見舞われてそのまま死んでしまい、

「ほんまに、神さんも仏さんもいてはらんのかいなあ……」

と人々が同情しているのを見たり聞いたりしては子供心にも神は不公平だと思い、ならば神はなぜ人間を造られたのかと疑問を持った。十字架に架けられたキリストは最期《さいご》に「神よ、なぜ我を見捨て給《たも》うや」と問うたと聞いた時、私は、

「やっぱりなァ……」

と思ったものだった。

アメリカとの戦争が始まると国中が「戦勝祈願」をした。私も一緒になってした。だがアメリカの方でも勝つことを神に祈っているにちがいない。両方から祈られても

神は何もしないだろう。神は見ているだけ。どっちが正しくどっちが正しくないという判断もしない。現に祈願した人もしなかった人も、いい人も悪い人も別なく、死んだり死ななかったりしていた。元寇《げんこう》の役で吹いたという神風は吹かなかった。日本は敗れた。神の裁断か？　そうではないだろう。物量差と無計画のために敗れたのだと私は思った。

「日本は間違うたことをしたんです。それで神さんは見捨てはったんや」

という人がいた。

「そんならそうと、なんで教えてくれませんねん、神さんは」

という人、

「はじめから神なんておらんのや」

という人など、いろんな意見が出ていた。そして答えが見つからないままに（生きるのに忙しく）、殆《ほとん》どの人が神について考えるのをやめた。考えなくても生きて行く上で困ることは何もなかったのだ。

敗戦後の混乱の中で、私の夫は麻薬に溺《おぼ》れて死んだ。それを皮切りに私を襲ってくる波瀾《はらん》を、私は自分一人の力だけを恃《たの》んで切り抜けようとした。友人、肉親には頼らず、一人でことに当った。助けを求めて神に祈ったこともなかった。宗教を信じる人たちのお説教は、ただ空疎《くうそ》なだけだった。信仰に伴う形式が面倒くさくていやだった。多くの人々が行く初詣《はつもう》でもせず、子供が生れてもお宮参りもしなかった。私はあえて神を無視しようとしていたといえるかもしれない。信じるのは自分の向う意気だけだった。すべての不幸は誰のせいでもない自分の過《あやま》ちにあると考えることにした。

二度目の結婚で貧乏のどん底に落ちていた時、私はB社から出版されることになった短篇小説集に、間違って既にK社から出ていた短篇集の中の一篇を入れてしまった。生活と借金に追われて繁忙を極めているさなかのことで、私のうっかりミスである。B社の担当からなじられて初めて気がついた。単行本はもはや製本の段階に入ったという。

どうしてくれますか、と迫られ、反射的に私はいっていた。

「組直しにかかる費用を弁償します！」

やがて送られてきた印税からは、その費用がさし引かれていた。借金返しに骨身を削っている私には本当に痛い出費だった。

私はB社の担当に泣いて謝罪し、許しを懇願すればよかったのだ。だが私はそれをしなかった。私は一〇ですむ苦労を自分で一〇〇にしてしまう人間だった。手負いの猪《いのしし》さながら、脇目《わきめ》もふらずに突進し、衝突して痛手を広げる。日々これ闘い。人はみな敵。神もヘッタクレもあるかいな、という心境だった。

子供の頃、神さまは「いつも見ていらっしゃる」と思い、その眼差《まなざ》しを怖《おそ》れ、つつしみ畏《かしこ》んでいた私の、それが四十代の姿だった。

この世には不幸な人と幸せな人がいる。強い者が勝ち、弱い者は負ける。知恵に長《た》けた者が富と権力を握り、正直一途に生きる者は報われない。それがこの世のありようである。それではあまりに不公平ではないかと怒ったところで、何も変らない。そこでそんな目に遭うまいとして、人は利己的に生きようとする。そうして欲望を満たし、それを幸福だと思う。その幸福に満足して自分の強運を感謝していれば、安らかな死後を得られるのである。たとえどんなに利己的に生きようと。

一方、穢《けが》れのない魂の持主、すべてのものに神が宿ると信じて神に感謝し、人を信じ、必要以上の欲を持たず、平和な日々を送っていたアイヌの人たちは、一方的に侵略され、理不尽な目に遭って滅びて行った。そしてこの世の苦しみに耐えたアイヌの人たちの死後の魂は安らかであるかといえば、生前の口惜《くや》しさ、辛《つら》さへの怨念《おんねん》のために浄化出来ずにさまよい、呪《のろ》いつづけている。

そうしてそれらの魂に深い同情を抱きながら、私はそれに苦しめられているのだ。「悲しみ、苦しみ、涙、失望、災いは魂にとって貴重な経験である。その経験を経ることによって人の魂は向上するのだから」

ある神法を説く人はそういった。それが神のお考えであると。

「神にもお考えがあったのですか」

と私はやや皮肉に問うた。

「神は人を造っただけで、あとは知らん顔じゃないんですか？」

「人生は学習です」

とその人はいった。

「人は独力で進歩しなければならないのです。自分で蒔《ま》いた種から今の自分の運命が作られているのです。神は法です」

「なるほど」

と私はわかったようなわからぬような気がした。不幸や苦難の経験が人の魂を進歩させることは私にも頷《うなず》ける。しかし苦しい経験を魂の向上に繋《つな》げる能力のない者はどうなるのか。その者たちはこの世でもあの世でも苦しみの中にいつづけなければならないのか。それは（その能力を育てないのは）その者の限界だから仕方がない、ということにしてしまっていいのか？　私は納得が行かなかった。

2

可愛《かわい》がっていた犬が死に、インコが半死半生になったその年（平成三年）の夏、娘が女児を産んだ。病院に七日ばかりいた後、暫《しばら》くの間私の家に滞在することになっていた娘が、赤子を連れて退院して来たのは八月のなかばである。その翌日だったか二日後だったか、赤ン坊を二階の私の寝室に臨時に作った簡易ベッドに寝かせて、私と娘は階下で昼食をとっていた。食事を終え、二人で様子を見に行ってみると、頭を西に足を東に向けて寝かせていたベッドの上の赤ン坊が、一八〇度回転して、頭が東に、足が西を向いているではないか。暑い盛りなので赤ン坊の身体の上には何も掛けていない。赤ン坊はすやすやと眠っている。

「これは……」

といったきり、私と娘は顔を見合せ言葉がつづかない。寝返りもうてない生れて間もなくの赤ン坊が、どうして向きを変えるだろう。家にいたのは私と娘だけである。昼食の間、娘は一度も席を立っていない。私もだ。確かに頭をこっち側にして寝かせたわね？ 確かよ、間違いない、と何度も何度も私たちはいい合った。だがそれ以上は何もいわなかった。私たちにはわかっていた。いうべき言葉が。そしてそれをいってもしようがないことが。

後にその話を聞いた友人は仰天して、

「びっくりしたでしょう！　総毛立ったでしょう」

といったが、私たちは驚きはしたが総毛立ちはしなかった。もうどんな異変も我々は怖がらなくなっていたのだ。

「しつこいねえ」

と私はいった。娘は何もいわず赤ン坊の身体を調べていた。どこにも異常はなかった。

「まったく意表を突くねえ」

と娘はいい、

「それにしても、向きが変る時、どんなふうに変ったんだろう？」

と私はいった。彼らはこういう現象を起す時、必ず誰も見ていないところで起す。納戸《なんど》のダンボールの中の十本のペットボトルが、台所の冷蔵庫の上にずらーっと並んでいた時も、二本のボトルの、口もとまで入っていた筈《はず》の麦茶が、二本とも半分になっていた時も、いつも人の目のない時だった。ペットボトルが行列を作って、台所へ向ってフワフワと浮いて行くのだとしたら、是非ともその光景を見たいものだ。赤ン坊はフワーッと浮き上り、宙で位置を変えてベッドに置かれたのか？

いや、違うと思うわ、と娘はいった。ペットボトルは一旦《いったん》消える。そうして彼らが「ここ」と思う場所にひょっこり出現する——。そういうことだと思うと。

では赤ン坊も一旦消えたのか？　その時はどんな気持だろう？　どんな気持もこんな気持もない。それは一瞬のことにちがいない、と娘はいった。

昔から神隠しといわれて突然子供がいなくなるのはこういうことなのかもしれない。

そういえばいつの年だったか、北海道の山荘へ連れて行っていた犬が、ある夕方、気がついたらいなかった。名を呼び、探し廻ったがどこにもいない。そのうち雨が降って来て、夜通し降りつづいた。この雨の中をどこでどうしているのだろうと心配のあまり娘は殆ど眠っていない。明け方になってやっと雨がやんだので、娘はまた犬探しに出かけた。名前を呼ばわりながら山を降りて行くと、突然どこからともなく現れて一本道を走って来る犬の姿が目に入った。夜通し降った雨に濡《ぬ》れしょぼたれている筈なのに、毛はサラサラに乾いていて脚も汚れていない。いったい犬はどこから現れたのか。家の周りは草原ばかり、雨宿りをする家も大木もない。いったいどこから現れたのか、娘にもはっきりいえない。気がつくと向うの草むらから走って来ていたのだというばかりだった。

それにしても赤ン坊の向きが変っただけで、かき消えてしまわなくてよかった。さすがに彼らも赤ン坊と犬とのあつかいを変えるだけの良識（というか人情、礼節というか）は持ち合せているということだろうか。私と娘はそんなことを話し合った。私たちは何があっても怖がらなくなっていた。異常現象は私たちには日常になっていたのだ。

私たちが馴《な》れてしまったことが気に喰わなかったのだろうか。娘が孫を連れて夫のもとへ帰ってしまうと、一人になった私にここぞと総攻撃がきた。うとうとすると鳴り響くラップ音に起され、後は熟睡出来ずに睡眠不足がつづく。膝《ひざ》は痛み、偏頭痛が起り、電気製品は片端から故障し、無人の部屋に電燈が灯《とも》っていたり、電話が鳴りつづけたりした。昼間は家事手伝いの人がいるが、夕方の五時以降は私は一人である。現象は一人になると余計に激しくなった。こちらの人数が多ければエネルギーも増大して、向うのエネルギーと拮抗《きっこう》出来るのだが、多勢に無勢。一人になった私はいくら気強くしていてもやられるのである。

霊能者の江原啓之さんはそんな私をひどく心配して、何かあれば遠慮なく電話を下さい、といってくれた。江原さんによると私に攻撃をしかけているのはアイヌの霊だけではなく、どうやら狐霊《これい》が加わっているということだった。そういえば最初に心霊科学協会で大西審神者《さにわ》に榎本氏の霊媒で招霊実験がなされた時、最初に出て来たのは狐霊だった。狐霊は口を利《き》かず、狐とわかる仕草をして口をつき出して筆を要求すると、口に銜《くわ》えた筆で顔の前に広げられた半紙に書いた。

——やしろをつくれ。

その時、大西氏は一旦、祠《ほこら》を建てる約束をしたが、その後で、しかし祠に入るよりも伊勢の茜稲荷《あかねいなり》神社へ行って修行し、ただの野狐《やこ》ではなく、人から拝んでもらえるような立派な狐霊になることを勧めた。そして狐霊も納得して大西氏の祈りで茜稲荷の眷属《けんぞく》に加えてもらった筈だった。あの狐霊が茜稲荷へ行かず（あるいは逃げ出して）、アイヌの怨霊《おんりよう》と結託しているのだろうか？（ずっと後になって、送られた狐霊が逃げ出して来ることは珍らしくないと教えられた）。

ある日、私の家の応接室にいた江原さんの目に、巨大な白狐が（それはただ巨大なだけでなく、狼《おおかみ》とも虎《とら》ともいいようのない獰猛《どうもう》な様子をしている）、無数のチンピラ狐霊を従えて江原さんに向って庭を走って来るのが見えた。チンピラ狐霊は一斉に江原さんの腕や脚に攻撃を加えたので、まだ若かった江原さんは悲鳴を上げ、私はわけがわからずウロウロするばかりだった。慌《あわ》てて大西氏に電話をかけ、茜稲荷神社に祈ってもらって鎮《しず》まったことがあった。私のために狐霊と闘う江原さんを、狐霊は敵視して、隙《すき》あらばやっつけようとして、さまざまな霊障を与える。江原さんには申しわけがないと思いながら、家が近いせいもあって私は江原さんに頼らずにはいられない。そして江原さんもまた、いやな顔をせずに私が救いを求めると、すぐとんで来てくれた。私が斃《たお》れてしまわなかったのは、江原さんのおかげだったと思う一方で、もしかしたらあの激闘の経験がその後の江原さんの大きな成長の肥しになったかもしれないと思ったりもする。

動物霊には狐霊をはじめとして蛇霊《じゃれい》や狸霊《りれい》がいるということだが、命まで取るような怖ろしいのが蛇霊で、狐霊は人を驚かしたり困らせたりしては面白がるしつこい連中だという。電気がついたり消えたり、電話が鳴りつづけたりするのは、アイヌではなく狐霊の仕業のようだった。

ある日レコードプレーヤーの盤上に載せたまま、しまうのを忘れていたベートーヴェンのクロイツェルソナタの盤が、三十分ばかりの間にうねるように曲っていた。

「いやあ、狐霊というものは全く凝ったことをします」

私はそういっては来客にそれを示し、驚くのを見て溜飲《りゅういん》を下げた。何の溜飲だかわからないが、とにかくそんなふうにでもしているよりしようがなかったのだ。

しかし私の心身は疲労困憊《こんぱい》していた。心そこ心配してくれるのは江原さんと名古屋の鶴田医師だけだった。江原さんは心霊家の立場から、鶴田さんは医師の立場から、私自身にもわかっていないどん底が見えていたのだろう。

その後、大西氏と榎本氏の招霊実験によって、巨大な白狐は四百年前にこの地に祀《まつ》られていた稲荷であったことがわかった。そういえば私は昭和三十年に結婚してこの家を買ったのだが、その時庭の一隅に銅《あかがね》の屋根の凝った祠があった。何が祀ってあったのかと中を見たが、中は空っぽなのでそのままにしていた。

結婚して七、八年は何ごともなかったのだが、そのうち夫は事業を始め、我が家は次第に貧乏になって庭の一部を売却した。その時に祠を移動させたのだが、数年してその場所に書庫を建てる必要に迫られ、仕方なく近くの八幡神社のお焚《た》き上げに持って行った。榎本氏に降りて来た白狐は祠に祀られていた稲荷だったのだ。

「自分は四百年前に村人によってここに祀られて以来、村を守って来たのだ」と榎本氏に降りて来た稲荷霊はいった。しかし歳月の流れと共に村人は祀りを怠るようになり、やがて自分は忘れ去られ捨てられた。それでもまだその頃は身を置くための祠があったのだ。だがその祠をこのバカ者が捨てた――。バカ者というのは私のことである。

　ここまで読んでこられた読者は、このあたりでさぞかしうんざりされたことだろう。もうこれ以上はつき合いきれないと、腹を立てる人も少くないと思う。実際、私もうんざりしながらこれを書いているのである。読む人はうんざりすれば本を閉じればいい。しかし私はどんなにうんざりしてもやめるわけにはいかない。なぜならこれはすべて、私の実際の経験であり、その経験によって逐次わかってきたこと——三次元、四次元の仕組み、霊の世界の実相を伝えなければならないからである。

　それはもしかしたら私に与えられた宿命、「使命」ではないかと私は思い始めたのだ。七転八倒しながら通過してきたもろもろのわけのわからぬ現象は、単に私を罰するためだけに起されたものではなく、それを人々に伝える役割を与えられたための苦しみではないのか。その役割を果すためには、これらの経験が必要である。何があっても逃げずに、試行錯誤しながら徹頭徹尾経験し尽すことによって、いつか目的地に辿《たど》りつく。そして与えられた使命を果し、私は漸《ようや》く許されるのであろうか。

　そんな考え方をすれば私には力が出るのである。それが使命だということになれば、私には目的が出来て勇気が湧《わ》く。目的があるから旅人は雪や嵐の苦しい旅に耐えられるのだ。あてどのない旅の困苦は、旅人を沮喪《そそう》させるばかりである。

だが考えてみると私のそれはある意味に於《おい》てあてどのない旅ではあった。一旦は終ったと思うが、やがて終っていないことに気付かされる。

私の行く先はどこなのですか？

ただ見ているだけの神をゆすぶって私はそう問いたかった。

3

平成五年五月四日は江原啓之さんの結婚式が挙げられた日である。その披露宴で私はスピーチをする予定だったが、前日から咳《せき》が出始めて当日は声が出なくなり、名古屋から出席された鶴田医師に急遽《きゅうきょ》代理を務めてもらうことになった。

その時に久しぶりに対面した鶴田医師は、私の顔を見た途端に、「この人はもう長くないのでは――」と感じたという。医師の眼が私の心身の衰弱を見抜いたのであろう。北海道で始まった超常現象が東京の自宅でも起るようになってから四年経《た》っていた。北海道での始まりから数えると十八年になる。十八年の間に休みなく起りつづけた異常な現象はいかに手を尽しても鎮まらず、それに対応するには気の張りが必要で、無理な気の張りは他人の目には常に「元気イッパイ」に見えても、その分私を消耗させていたのかもしれない。

それと並行して腰痛や膝の痛みや右手の腱鞘炎《けんしょうえん》などが慢性化して、身体のどこにも苦痛のないスッキリした日というものは一日もなかった。腰痛は坐業が原因、膝の痛みは老化現象、腱鞘炎は職業病、と医師は診断する。いっそ高熱にうなされるとか、内臓に疾患があるということになれば、医師も少しは熱心に病気ととり組んでくれたかもしれない。

「これは霊障です。困りましたね」

と見抜いてくれる医師がいてくれたら、どんなに嬉《うれ》しいだろう、と思ったものだった。たとえ霊障だとわかったとしても、医師にはとるべき手段はない。だがせめてそう「理解」してくれるだけでも私は救われる思いがしたにちがいなかった。

二月厳寒の頃のことだ。私は風呂場ですべって転倒し、仙骨をしたたかに打って動けなくなった。お手伝いが帰った後、夜は私は一人になる。動けない以上、朝が来るまでその場に伸びていなくてはならない。何しろ全裸であるから二月の寒さに風邪をひいて肺炎を起すかもしれない。そう考えるとじっと伸びているわけにはいかない。渾身《こんしん》の力をふり絞って床を這《は》い、電話に辿りついて娘にかけた。タクシーでとんで来た娘に助けられてベッドに仰臥《ぎょうが》し、そのまま一週間ほど帯正子さんから貰《もら》った「猿桃」というタイの軟膏《なんこう》を塗ってじっとしていたら動けるようになった。医師にかからずに快癒した。

その災難は自分の粗忽《そこつ》のためだと反省していたが、そのうち粗忽につけ込んだ狐霊の仕わざらしいことがわかった。江原さんによると巨大な狐霊と蛇霊が「佐藤愛子をやっつけてこの土地をとり返そう」といい合っているということだった。「だが坊主《ぼうず》が邪魔をするのでなかなかうまく行かない」ともいっているという。「坊主」というのはさる人から紹介された真言密教の修行僧のことにちがいなかった。その修行僧から貰ったお札を私は玄関や廊下に貼《は》っていたのである。お札の力か、それまで間なしに鳴っていたラップ音が消え、家の中が清浄になったのが感じられていたのだが、およそ三か月くらい経つと、またラップ音などが始まっていた。（その頃、たまたま心霊科学協会で一、二といわれた霊能者の玉井二良氏〈故人〉に面接する機会があって霊査を受けたところ、もの凄《すご》く巨大な白狐が、「お札なんか貼りやがって苦しい、剝《は》がしてくれ」と怒っています、といわれたことがあった）

力を持った修行僧が念を籠《こ》めたお札には確かに魔を鎮める力がある。だがその力は邪霊を一時的に「鎮め」「祓《はら》う」だけで「浄化」する力はないようだった。前にも記したように、邪霊は「祓う」ものではなく「浄化」させなければならないのである。祓っただけでは、再び戻って来る。そして「浄化」にはどうしても審神者の説得が必要なのだ。力で押えつけるだけでは教導出来ず、救いにならないことは霊も人間も同じなのである。

怨霊（邪霊）というものは、憎しみ、口惜《くや》しさ、嫉《ねた》みそねみ、憤怒《ふんぬ》や恨みといった想念のかたまりである。現世に生きる者は、たとえそんな感情に捉《とら》われたとしても、この世を生きて行くその経験の中で苦しんだり求めたり教えられたり考え反省したりして、自分の片寄った感情、意識を修正することが出来る。俗に「あの人も年をとって丸くなった」というのは、人生の経験に学んで、情念や欲望に迷わない境地を得たということであろう。しかし、肉体を失った霊に五感はない。現実生活というものもない。あるのは、想念の波動だけである。お前がそんなに苦しんでさまよいつづけるのは怨《うら》みの想念に固まっているためだから、それを解き放ちなさいと教える人もいない。解き放とうと自ら気づくこともない。死ぬ時に最後まで抱いていた怨みや口惜しさだけが残って、波動となってさまようばかりなのだ。この世の者たちはそれを見て怖がって追い払おうとする。祓われると逃げるが、またやって来る。彼らには「固まった想念」のほかに何もないのであるから。

漸く私にもその程度のことがわかってきた。それと同時に、そうだとすれば私にはもう打つ手はないということもわかった。真言密教の修行僧に三か月ごとに新しいお札を貰う以外に静かに暮す方法はないのか。しかし私の経済力ではそのお札はあまりに高額だった。

もう誰かに頼るという気持はなくなっていた。頼る相手はなく、無理に頼っても相手を困らせるだけだった。先行きがどうなるのか見当もつかない。だから考えなかった。行く先のわからない汽車に乗り込んで、ガタガタゴトゴト、暗い広野を運ばれて行く。それに委《まか》せるしかなかった。どんな現象が起きても目や耳を逸《そ》らし、騒がず驚かず怖がらず、身体に痛い所があれば灸《きゅう》や鍼《はり》や整体治療を受け、慢性の病気を抱えた人のようにその日その日を何とかいなして行く――。そんなふうに暮すしかなかった。

相曽《あいそ》誠治氏という神道家の知遇を得たのはそんな時である。ある日私の身を心配する鶴田医師からやや興奮気味に、

「この人をおいて佐藤家の怨念《おんねん》を相談出来る人はいません。最後の人です！」

という電話がかかって来た。鶴田医師はたまたま相曽誠治氏の講演を聞いて感銘を受け、持ち前の熱血をもって近づき、傾倒したのである。

相曽先生とはどういう方ですか？　霊能者ですか、と訊《き》くと、霊能者という名称ではいい切れない、「原始神道の神髄を究めた神道の大家。神人合一の境地を拓《ひら》かれた

聖者」というべきだろうという答だった。しかし社会的にはどういう肩書きなのかは鶴田医師にもわからない。一九一〇年生れで、八十三歳。なんでも静岡県の小さな町の町長を務めたこともあれば、保護司として非行少年の更生に尽力した時代もあるという。第二次世界大戦が勃発《ぼっぱつ》した時、「神道的見地からこの戦争を終わらさねばならない」という論文を書いて軍部へ押しかけ、東条英機の忌避に遭ってブラックリストに載せられたのが三十歳の時。今は「人類の太陽神への回帰」を提唱する神道家であるという。

そのような高踏的な神道家に我が家の怨念について相談をするのはあまりに恐縮である。私はそういったが、何ごとにも積極的な鶴田医師はある日、佐藤家の怨念についてそれとなく相談をかけてみた。すると相曽氏は暫《しばら》く考えた後で、

「それでは私が伺ってみましょう」

あっさり引き受けてもらえたのだった。

鶴田医師と相曽氏の上京の日は、平成五年六月九日、皇太子殿下ご成婚の日であった。朝から雨が降っていたが、私が鶴田医師と相曽氏を三軒茶屋駅に出迎えた時はざざ降りの荒れ模様だった。その日はご成婚式のため、道路が渋滞するだろうという心配から地下鉄が使われたのだったが、多くの人が同様の考えを持ったと見えて乗降客

はいつもよりも多く、改札口は混雑していた。その混雑の中からいかにも穏和な、「田舎の村長さん」という趣の、質素な背広に中肉中背の身を包んだ素朴な老人の姿が浮き上るのが見えた。自信、威厳、何もない。ただ感じるのは初対面の人という気がしない、理由のわからない懐《なつ》かしさのようなものだった。私が挨拶《あいさつ》をするのに対していきなり、

「今日はおめでとうございます」

と氏は丁寧に頭を下げる。皇太子殿下のご成婚を慶賀することが何よりも先に口にしなければならないことだったのだ。慌《あわ》てた私が、

「たいへんな雨でございますね。パレードはどうなりますでしょう」

というと、

「いや、大丈夫です。四時にはこの雨は上ります」

こともなげに答えて涼しげなのだった（実際に四時になると大雨がやみ、空はからりと晴れ渡った）。

相曽氏は私が説明するこの家の怪異について、「ほほう」とか、「はーァ」とか、「それはお困りですね」というだけで、特に考えを述べることがなかった。持参の榊《さかき》で勢よく祓い潔《きよ》め、神棚に向って長い祝詞《のりと》を上げた後、これで岩戸開きをしました、

といった。「岩戸開き」とはどういうことなのか、須佐之男命《すさのおのみこと》の乱暴を歎《なげ》いて天照大御神《あまてらすおおみかみ》が天の岩戸に姿を隠したという神話を私は思い出し、天照大御神の姿が隠れたので世界は闇《やみ》となったように、我が家の神棚は閉ざされていて神の光は射《さ》していなかったということなのだろうか。それが今、相曽氏によって開かれたということなのだろうか？　と考えたが、よくわからぬままにその後は「神界のしくみ」についての説明がなされた。

「私たちは地球上で生活をしています。これは三次元世界で、死ぬと四次元の世界、つまり霊界に入りますが、この四次元は次元の低い霊界で、四次元の上に少し上級の五次元世界があります」

そこまでは既に私の知識の中にあることだった。だが、五次元の霊界はシナの儒教や道教、あるいはインドの仏教、ヨガの修行を積んだ先人、換言すれば大陸系宗教の指導者層が行く場所で「祇園精舎《ぎおんしょうじゃ》の鐘の音」で有名な仏教の中枢部《ちゅうすうぶ》はこの五次元霊界に位置していて高次元とはいえない霊界であるという。

五次元の上、つまり六次元世界にはシナの仙界がある。ここもそれほど高級ではない。その上の七次元世界に「古事記」や「日本書紀」に伝えられている日本の命《みこと》たちがおられる。そして八次元の世界は太陽系神界といい、最高神は天照大御神である。

その上の九次元世界は別天津神界で天之御中主神《あめのみなかぬしのかみ》を中心に高御産巣日神《たかみむすびのかみ》と神産巣日神《かみむすびのかみ》が鎮っている。天之御中主神は「宇宙の全《すべ》ての原理の中心主体」とでもいうか、宇宙の創造神である。天之御中主神、高御産巣日神、神産巣日神の三神を造化三神と呼び、ここから次々と神が生れ、伊邪那岐之命《いざなぎのみこと》と伊邪那美之命《いざなみのみこと》が現れて、伊邪那岐之命から天照大御神、月読命《つきよみのみこと》、須佐之男命の三神が生れる。ここで天之御中主神は天照大御神に太陽系宇宙の運営を一任される。そしてこの太陽系宇宙から地球に派遣された神が邇々芸命《ににぎのみこと》である。つまり造化三神は大宇宙神界、天照大御神は太陽系神界、邇々芸命は地球神界の統括者である——。

「二柱の神、天の浮橋に立たしてその沼矛《ぬぼこ》を指し下ろして画きたまへば、塩こをろこをろに画き鳴《な》して、引き上げたまふ時、其《そ》の矛の末《さき》より垂《しただ》り落つる塩、累《かさ》なり積りて島と成りき」

うろ覚えの「古事記」の一節が思い出された。日本の最も古い古典として読んでいただけの「古事記」が、神話としてだけでなく俄《にわ》かに現実の色あいをもって立ち上って来た。私は呆然《ぼうぜん》となった。私の頭に浮かんだことは、宇宙生成の順序がこのように秩序正しく伝えられていることをどう理解すればいいのか、という驚きと困惑だった。

今までのどの時もそうだったが、この展開によって私には新しい希望が生れていた。

疑うよりも信じる方が私の性に合っているのだ。新しい展開があるたびに私は希望を持ち、それによってここまで生きて来たといっていい。

しかし家の中の現象は鎮ったというわけではなかった。誰もいる筈《はず》のない無人の部屋に電燈が灯《とも》っていることは日常茶飯、壊れていた目覚し時計が鳴り出したり、玄関に並べてあったスリッパが五足、塔のように積み重ねられたり、電話で話をしている最中に、いきなり留守番電話に切り替ったり。ある朝などは起きてみるとポットの真上に薄茶色の粉が山型になっている。何の粉かとよく見ると、前夜テーブルの上の茶盆に置いておいた咳止めの散薬だったりしたが、私は騒がず失望せずに成り行きを見守るという気持になっていた。

年が替って春が来た頃、相曽氏は事態が一向によくなっていないことを知って、「北海道を鎮めに行きましょう。すべては北海道が元でそこから狐霊へと連動しているのです」といわれた。私は驚き、高齢の先生が北海道へ来られることで起るかもしれない変事を心配したが、相曽氏の決心は固かった。

平成六年六月六日、鶴田医師を加えて私たち三人は北海道浦河へ行った。我が家に着いたのは午後四時を過ぎた頃である。予定ではその日は休養し、神事は翌日に行うことになっていた。だが、相曽氏は車を降りるやいなや、今すぐこの場で始めましょうと急ぎ、とりあえずお茶を、という私を制してさっさと神事が始まった。私の家は牧草地の中の一筋道を山へと上って来るのだが、その道が登りになって行くあたりから、もう道の両側から牧草地にかけて、アイヌの霊たちがひしめくように佇《たたず》んでいるのが相曽氏に見えたのだった。私が来ることを知って待っていたのです、と相曽氏はいった。

相曽氏は伊邪那岐神社からいただいて来たご分霊（お札）とわざわざ浜松から持参した榊を立て、秘事《ひめごと》を唱え祝詞を奏上した。長い神事が終ったのは、まさに西の空に燃える太陽が海を染めて沈んで行く時だった。

「ここに集って来た霊たちはアイヌ民族ばかりではありませんでした。北海道開拓の時に酷使された囚人や屯田兵《とんでんへい》などの怨念も一緒になっていて、それが大きなカルマ(サンスクリット語で「行為」という意味だが「業《ごう》」「因縁」と訳されている）を作っています」

と相曽氏は説明された。

「佐藤さんの先祖に、佐藤入道という方がおられますね。平安時代か、その前あたりでしょうか。墨染の袈裟《けさ》をかけたでっぷりした人です。中央政権に逆《さか》って無念の最期《さいご》を遂げられたのですね。その方もおられました」

怨霊というものは同質の怨みが寄り集って霊団になって行くものだという。国家権力への怨念はアイヌも屯田兵も囚人も、そして佐藤入道も、同質であるがゆえにひとつになって大きなカルマを作ったのだ。

「国のカルマは天皇様にかかります」

と相曽氏はいった。そのために相曽氏はどうしても、このカルマを消さなければならなかったのだ。

折しもそれは天皇陛下と皇后陛下がアメリカ訪問の旅に発《た》たれる直前だった。しかも両陛下のご旅程の中には真珠湾に立ち寄られる予定を入れようという動きがあった。もし真珠湾に行かれるようなことがあれば、かつての日米開戦時の日本の奇襲を憎むアメリカ人がどういう暴挙に出るかわからない。そのためにも天皇にかかるカルマを軽減しておかなければならない、というのが相曽氏の考えだったのだ。

神事は終り、相曽氏は初めてくつろいで笑顔になった。

「これでこの土地も少しずつ浄化されて行くでしょう。しかしこれだけの大きなカルマですから、いっぺんでサーッときれいになるというわけには行きません。神界から神のお使いが来られて、月に二体か三体くらいずつ霊界へ導かれて行くのですから、時間がかかります。けれども最終的にはすべて救われます」

相曽氏が老軀《ろうく》を押して北海道まで来て下さったのは、私を助けるためではなく、天皇のために国のカルマを鎮めるのが目的だったのである。

遅い夕食の後、気がつくと丘の下で頻《しき》りに囀《さえず》る小鳥の声が聞えていた。何ともいえないきれいな、まろやかな声だ。小鳥はピイピイかチイチイ、チュンチュンと啼《な》くものだが、この鳥はラリルレロの音《おん》でなめらかに啼いている。実に気持のいい囀りだ。こんなに夜が更《ふ》けているのに囀るなんて不思議ですね、というと、いや、あの小鳥は今を昼間だと思っているのでしょう。おそらく小鳥の目にはこの丘は今、光に包まれているのだと思いますよ。今夜はここは神界の光をいただいているのですから。

そういう相曽氏の声はいつものように静かなのだった。

小鳥は夜通し啼いていた。いつ目が覚めてもその声が聞えた。翌朝も休まず啼いている。いったいどこで啼いているのだろうと探すと、灌木《かんぼく》の枝の中に名のわからぬ白とるり色の二羽の小鳥が見えた。小鳥の声が絶え間なくつづくのは二羽が代るがわる囀っているからだった。

4

相曽誠治氏とはいったいどういう人物なのだろう？　私は考え込まずにはいられな

かった。鶴田医師に問うと、

「私は今まであんなに無私の、清らかな魂を持った人に会ったことがありません。どんな人に対しても、どんな時でも同じ表情、変らない態度。あれは自然体というのでしょうか。しかしその自然体は我々俗人の自然体とは次元が違うように思われますねえ」

という。その観察に私も全く同感である。氏の前に出ると、自分にはなかった「つつしみ深さ」が出て来て、何を訓戒されたわけでもないのに反省や悔悟が生れてくることは確かだ。

しかし、例えばこういう話に私は困惑する。相曽氏は毎年七月に富士山の山頂でご神事を日帰りでされるという。八十代半ばに達する氏が日帰りで登山下山が出来るわけを問うと、

「天狗《てんぐ》さんが助けてくれますので」

冗談かとその顔を窺《うかが》うが、極めて当り前のことを話しているように、

「登る時はみんなで後押しをしてくれますのであっという間に山頂に行き着きます。でもその姿は人の目には見えません」

と涼しげである。山頂には既に汚れていない場所が用意されているので、すぐに神

事を始めることが出来ます。お供えのお塩、お洗米、お神酒《みき》、お水、海の幸、山の幸など、あっという間に整います。そこで秘事《ひめごと》を唱え、祝詞を奏上し、日本及び世界の平和を祈願して下山します……。

天狗というと、手に団扇《うちわ》を持ち、鼻高く顔赧《あか》く眼は恚《いか》っていて、鞍馬《くらま》山で牛若丸を鍛えたあの天狗を私は思う。だがそれを訊《き》こうとしても、氏のあまりに泰然とした様子に気圧《けお》されて、何もいえずに傾聴の姿勢になってしまうのである。

富士山の上空十メートルあたりに富士神界という神界があり、足利時代に肉体のまま葛城《かつらぎ》山から神仙界に入った山中照道大霊寿真という、たいそう位の高い神仙がおられる。相曽氏の富士登山の時に後押しをしてくれるのはその山中照道大霊の門人というか、眷族《けんぞく》というか、富士山で修行をしている霊人で、その霊人を氏は「天狗さん」と呼んでいるらしいことが、そのうち（氏の著書などを読んで）だんだん解《わか》ってきた。

霊界には数十、数百の区別があって、人が死ぬと四次元へ行くが、その人の生前の行動や思想、信仰などによってその人に適した霊界へ行く（これまで私が記してきた「幽界」というのが「四次元」で、「霊界」が「五次元」と思ってよいのであろう）。

五次元と一口にいっても高い階層、低い階層があり細かく分れている。低い方に印度のヨガの達人や道教の先人、修験道《しゅげんどう》の行者《ぎょうじゃ》などがおり、ここを「山人界」、あるいは「山人天狗界」というのだそうである。その山人天狗界の中にも更に次元の高低があって、高い修行者を「善玉の天狗」と呼ぶ。富士山で氏を助けるのは善玉天狗である。それに対する悪玉天狗は四次元（幽界）や三次元（人間界）よりも更に下の二次元に密着していて、山霊や動物霊などと重なる。

「五次元の上の方にはキリストや釈迦《しゃか》、孔子などがおられて、神界を目ざして修行しておられます」

と相曽氏はいう。

「お釈迦さんは立派な方ではありますが、今のところ六次元止りで、七次元にはまだ到達していません。釈迦といえども神界に行かれてはいないのです。苦心惨憺《さんたん》して、あれほど厳しい修行を積んでもなかなか神界には入れません。仏教には神界に入れない因縁があります。研鑽《けんさん》を積んだ釈迦といえども、ぎりぎり最後のところでは神理に到達していませんでした。あの方は真面目《まじめ》な方ではありますが、少し性格が暗いですね」

町内会長のことでもいうようにお釈迦さんのことをいわれると、

「は〜ァ……」

としか私はいえない。「キリストさんはちょっと泣き虫ですね」といわれても、疑問も質問も言葉にならない。氏の言葉を私は荒唐無稽《こうとうむけい》だと思ったり、また納得させられて心正して聞くべき正論だと思ったり、常に揺れ動いた。鶴田医師も私と同様の気持だったにちがいない。だが氏と直《じか》に会って柔和な目差《まなざ》し、礼儀正しい物腰、穏やかな声音に触れると、品性の高さを感じて疑問が消えてしまう。

確かに相曽誠治という人は「普通の人」ではなかった。いつも質素な背広を着てひょこひょこと歩く、一見「昔の村長さん」を思わせる素朴な風貌《ふうぼう》である。こういう立場にある人はえてして自信や権威の匂《にお》いをふり撒《ま》いているものだが、そういうものが全くない。鋭く見透す眼光というものもない。喜怒哀楽が面《おもて》に出たこともない。

「変った人――一口にいうとそういうしかないですねえ」

と鶴田医師と私は交々《こもごも》いった。北海道の私の山荘の怪異を鎮《しず》めるために来られた時、ご神事がすむと氏は浜松の自宅へ電話をかけて、

「今朝ほどは早朝からご苦労をかけました」

と挨拶《あいさつ》をされた。その電話の相手は夫人なのであった。私は食事の前に入浴を勧め、脱衣籠《かご》に浴衣《ゆかた》と丹前を出しておいたのだが、入浴後に出て来られた相曽氏は背広にネクタイをしめ、きちんと靴下を履いておられた。

三か月に一度くらい、名古屋の鶴田邸で相曽氏を囲んで、日本の伝統文化の講話を

聞く小さな集りがあり、時々、私はそれに出席していた。ある日、浜松へ帰られる氏と東京へ向う私が名古屋駅のプラットフォームの待合室で電車が来るのを待っていた時、ふと私はある衝動に駆られてこう訊《たず》ねた。

「失礼ですが、先生は、神界からおいでになった方ではございませんか」

そんな唐突な問いかけに対して、氏は驚きも笑いもせず、極めて平静に頷《うなず》いていわれた。

「私はことむけのみことと申します」

その口調はまるで、お故郷《くに》はどちらですかと訊かれて「青森です」と答える人のような、まことに日常的な応答だった。

「そうでしたか」

と私はいった。やっぱり……と心に頷いていた。「ことむけのみこと」とは多分「言向命」と書くのであろう。即《すなわ》ち力で従わせるのではなく、言葉をもって導くという意味であろう。私は素直にそう思った。

平成七年一月十日、私のところへ相曽氏から電話があった。

「近々、地震が来ます。ご用心なさって下さい」

いつもの穏やかな口調だった。それはどこですか？　東京ですか？　と訊くと、

「場所は申せません。しかし必ず来ます」

とだけいわれた。

神戸に大地震が起きたのはそれから七日後である。その報道を見て私は、地震の警告を半信半疑のまま聞き流していたことに気がついた。

「神さまはご心配になっていらっしゃいます」

「神さまはお怒りです」

そういう氏の言葉をそれまでに私は何度か聞いていた。何年か前から私が漠然と感じ、考えるようになっていた人間の科学信奉、そこからくる傲慢《ごうまん》についての心配を、何度か私は氏に訴えたことがあった。そんな時、深く頷いて答える言葉が、「神さまはお心を痛めていらっしゃいます」だった。寒冷やら旱魃《かんばつ》などの形で神は屢々《しばしば》人類に警告を出されている。しかし科学のみを信じる人たちはそれを警告とは思わなくなっている。今までにも何度か神の意図を知るたびに、氏は祈って許しを乞《こ》うてきた。その願いが聞き届けられたことは幾つかある。だが今回、氏の願いは無為に終った。大地震は起きた。

「私どもの力及ばず、とうとうこうなりました。申しわけありません……」

氏はそう謝罪された。私と鶴田医師はその謝罪に困惑し、何と答えればいいのかわからず、ただもじもじするだけだった。氏はこの国を守ることを使命としてこの世に来た方で、それゆえ使命を果せないことを申しわけない、と思われたのか。私たちはそういい合った。だが、それにしても我々に向って「申しわけありません」とは……。

「『どういたしまして』というのもへんですしねえ」

それじゃあまるで、なんだか、警備員と泥棒に入られた雇主、という感じになってしまうじゃないの――そう思いつつ、その誠実さに私は胸を打たれていた。やはり私などとは次元の違う世界の人なのだ――もはやそう思うほかなかった。

人間が物質主義に走り、人間の都合で自然を破壊し、生態系を乱し、大地を汚濁に染めていることに、心ある日本人はみな危惧《きぐ》を抱いている。現代文明への批判、将来への悲観を持っている人が少くないことは確かである。しかし、一億数千万の日本人の中の、いったい何人が、神戸の震災を「神の警告」であると認識するだろう。それを声高にいう者は嘲笑《ちようしよう》されるのがおちである。またたとえ「神の意図、警告」を信じる人がいたとしても、ここまできてしまった今、それではどうすればいいか、わからない。

「どうすればよろしいんでしょう？」

そう訊く私に氏は一言、

「日拝を欠かさないことです」

といわれた。

「それだけですか？」

念を押すと、

「それだけです」

という答が返ってくるだけである。

「日拝」というのは、簡単にいうと「太陽を仰いで祈る」ことである。もう少し丁寧にいうと「太陽を仰いで太陽神の分魂《わけみたま》をいただき、毎朝、魂を更新すること」である。

不祥事や霊障は心の乱れや身の不浄があるために魔がつけ込んで生じる。それゆえ常に心すべきことは嘆いたり悲しんだりしないことで、悲嘆する前に慎しみ畏《かしこ》んで神にお詫《わ》びをし、魂を入れ替えることが必要である。即ち太陽の分魂《わけみたま》を体内に取り入れて新しいものに変えていただく――これを日拝鎮魂法という。

我々の身体の丁度、お臍《へそ》の裏側に太陽神経叢《そう》がある。腹部と背骨との間に太陽のように十六条の光芒《こうぼう》を放つ神経の束のことである。それが自律神経で、大脳の延髄の方から脊髄《せきずい》を伝わってきている。この太陽神経叢は自律神経を調整するので五感が適度に鎮静化され、感覚は六感、七感に移って雑念妄想《もうそう》が遮断《しゃだん》されてやがては正しい霊感や直感の世界に入って行くことが可能になるという。

そこでその方法だが、朝の大気の清浄な時間にまず太陽を仰いで息を吸い込み、「アマテラスオホミカミ」と唱える。この時、「アマテラス」の「ス」のところで「スーッ」と息を吸い込み、それから「オホミカミ」とつづけ、最後の「ミ」をいい切ると、息を継がずに「アマテラス」に戻る。息を吸うのは「ス」の音一か所だけである。

日本の国を浄化し国の穢《けが》れを祓《はら》うには、これしかないというのが相曽氏の意見である。しかし穢れを祓うどころか、多くの人は国が穢れて行っていることにすら気がついていないのではないか。かつての殺人は貧苦であったり、嫉妬《しっと》であったり、憎悪《ぞうお》であったり、それなりに理由がはっきりしていた。だが現代は理由がよくわからない殺人が少くない。特に若者に「キレた」から、「ムシャクシャした」から殺したという殺人が増えているのは、この国が穢れ、人の波動が下って来ているためである。殺人だけではない、日本人としての誇りを捨てた政治家や企業家がもはや珍らしくなくなっているという情況を見ても、この国を蔽《おお》う不浄の「気」を感じずにはいられないではないか。

かつて日本人は素朴に神の存在を信じ、感謝をもって謙虚に生きていた。人間の及ばぬ力があることを知っていた。親は子に神の目、神の存在を教えた。人はみな、「怖《おそ》れ畏《かしこ》む」ことを知っていたのである。

だが今の日本人にとって神は入学試験や結婚式や大手術の前にだけ思い出す存在になった。今、人間の幸福を約束するものは科学である。人は便利や快適や安穏を「幸福」と思っている。宗教は組織の維持、発展を目的とし、信仰は現世利益《りやく》を目指す。そこまで落ちた日本の穢れを祓い、あるべき姿に戻すためにするべきこと、それは「日拝」である。

「世界の宗教は太陽信仰からスタートしました。私たちの霊的な親が太陽神であるということに考えが至りませんと、乱れに乱れたこの世界は一向に浄化されません。倫理や道徳、法律、国際条約などだけではおのずと限界があるからです」

その言葉が相曽氏の清らかな魂から流れてくるものであることを私は信じる。同時におそらくはその教えは無力であろうことを思う。しかし無力かそうでないかなど、全く頭に置かずに相曽氏は日拝を説く。先覚者というものはいつもそうだったのだろう。そう思い、私は早起きをして庭に出て太陽を拝む。今更、私がこんなことをしても始まらないだろうと思いつつ、相曽誠治という人の国を想《おも》う熱誠に惹《ひ》かれて日拝をし、二か月か三か月に一度、名古屋の鶴田邸で行われる相曽氏の講話を聞きに行った。

神戸の震災の後、およそ二か月くらいして、地下鉄サリン事件が起きた。その翌日のこと、鶴田医師はクリニックを新設するために相曽氏に地鎮祭を依頼し、駅に出迎えた氏を車に乗せて街を走らせながらふといった。

「先生、昨日のあのサリン事件のことですが、あれはオウムが臭いですね」

「そう、私もそう思っています。いわゆる神に敵対するものがいますからね……」

その途端に車がブワーッという音を立て震動が起った。鶴田医師は驚いて地震かと道を見たが、他の車は何の障《さわ》りもないらしくスイスイと行き交うている。急いで車を路肩に寄せると震動は鎮った。

「何なんでしょう、今のは？」

そう訊《き》くと相曽氏はいつもと少しも変らず、

「私は向うの世界からマークされていますのでね。若い時から常にこういう干渉を受けております」

落ちついていい、肝を潰《つぶ》している鶴田医師を慰めるようにいわれた。

「大丈夫ですよ。危害を加えたりしません。ただ威《おど》かしているだけです」

5

平成七年は震災やサリン事件など、騒がしい年だった。だが私の北海道の山荘は驚くほど静かで、たった一度だけ、つけた覚えのないテラスの灯りが点《とも》っていたことがあったが、ラップ音と物品移動もすっかり鎮《しずま》って、あのご神事によってアイヌの霊たちが少しずつ神の導きによって霊界へいざなわれて行っていることが信じられた。

だが秋になって東京へ帰って来ると、ここは前にも増して強烈なラップ音が昼夜を問わずに鳴っていて、特に夜間のすさまじさは明らかに私を眠らすまいとしているようだった。電気関係の物は片端から動かなくなるが、電気屋が修理に来るとどこも悪い箇所はなく、

「おかしいですねえ。どうってことないじゃありませんか、ほら」

といわれて、見るとちゃんと作動している。夜といわず昼といわず電話は鳴り響き、受話器を外すとガチャと切れる。初めのうちは悪戯《いたずら》だと思っていた。そこでNTTの「迷惑電話おことわりサービス」を申し込んだ。無言電話が切れた後、すぐに指定された番号をプッシュすると、かかって来た番号が記録されて、その後は何度かかって来ても「おことわり」アナウンスが入るという仕組みである。だがそれが実施されて

いる筈《はず》なのに、たてつづけに何回もかかる。そこでNTTに電話をかけて、かかって来ている番号を教えてほしいと頼んだが、それはコンピューターがやっていることなので、我々人間にはわからないという返事だった。ある夜中、受話器を取らずに呼出音を数えていたら七十回を越えたことがあり、これはどう考えても人間の悪戯ではないと判断した。そのことを相曽氏に訴えるとそれは（狐霊《これい》の）断末魔の抵抗ですからもう少しの辛抱ですといわれ、それなりに納得して（納得するしかなく）嵐《あらし》の吹き過ぎるのをひたすら待つという気持で事態に耐えていた。

だがそれは断末魔の抵抗ではなく、新たな敵の襲来だった。そういえばその頃、江原さんが電話をくれて、今朝ふと気になって佐藤さんのお宅を霊視しましたら、まるで家中にバルサンを焚《た》いたように悪霊が充満しているので驚きました、大丈夫ですか？　といわれたことがあった。しかしこの悪霊は個人的な怨霊《おんりよう》ではなく、社会的な悪霊です、と江原さんは心配そうだった。そういえば夏の間、私が北海道にいた時も江原さんは、今まで見たこともないような巨大な悪霊が遠くから佐藤さんを窺《うかが》っているのが見える、と心配して電話をくれたことがあった。巨大な悪霊？　どんなものですかと訊いたが、江原さんの答は具体的でなかったし（江原さんにとってそれは霊能生活の中で初めて見たものであったらしい）、家の中も周辺も静かで何ごともなく、アイヌは鎮ったという実感があったから、私は気にも止めずに聞き流していたのだ。

改めて考えるとバルサン悪霊はそやつが放った子分かもしれなかった。

そんな時（秋も終ろうとしている頃）、私はへんに改まった相曽氏からこういわれた。

「私は佐藤さんに謝らなければならないことがあります。国に禍《わざわい》する者にとって、佐藤さんは目ざわりの存在になっています……」

「はあ……」

と私はいったきりだった。私にはこの意味がよくわからなかったのだ。相曽氏は寡《か》黙《もく》な人で、屢々説明不足のことがある。頭の良すぎる者は教師に向かないとよくいわれる。自分がわかり過ぎているために、相手の理解力の限度がわからないからである。

神界から来た人というのは、こういうところが困るなァと、ひそかに私は思っていた。

「目ざわり」とは何か。悪霊が面白半分に嬲《なぶ》るのならわかる。しかし「目ざわり」ということになると、積極的な敵意があるではないか。私の相手は狐霊あたりが相応で、この日本を損なうことを目的にしている悪の大物に狙《ねら》われるほどの人間では私はない。

思い当ることは私が相曽氏の門下の端っこにいることである。だが厳密にいうと私は自分にふりかかる災厄から逃れたくて氏のもとへ行き守護を受けているだけの存在で、それ以上の何ものでもない。氏の説を荒唐無稽《むけい》と感じることは今でも間々ある。私が日拝をするのは自分のためであって、必ずしも国や世界の浄化を考えてはいない。悪霊は私を実際以上に過大視しているのだ。鶴田医師が名古屋の街を相曽氏を車に乗せて走っていた時に突然起きたあの車の異変も、相曽氏への威しばかりでなく、鶴田医師への警告が籠《こ》められていたのかもしれない。

ほとほと私は心霊界の複雑さと緻密《ちみつ》さに嗟嘆《さたん》する思いだった。目に見えない世界であるから、たいていの人は平気で暮している。幽霊を信じる人がいても、専門家に祓ってもらうか、墓参や仏壇を拝むことで解決したつもりになっている。実際この私もかつてはこの三次元世界をうろうろしているのは、せいぜい浮かばれない霊だけだと思っていた。だが私は約二十年かかって浮かばれない霊のほかに狐霊や蛇霊などの動物霊や国（社会）を損なおうとする悪霊の存在を知らされた。私はそれに関心を持ち、研究して知ったのではない。否応《いやおう》なしに知らされたのだ。まるで何者かの意志によるもののように、一つ終ればまた次、というように知らされてきた。全くそれは好むと好まざるとにかかわらず、である。

その二十年の間の苦闘を思うと、不思議とも凄《すご》いともいいようのない感慨に打たれる。あの日々を乗り切ってここまで来ることが出来たのは、私一人の力ではなかった。

まず最初は美輪明宏さんに手引され、それから鶴田医師、その紹介によって心霊科学協会の審神者《さにわ》大西氏に助けられ、そしてその頃はまだ若く勉強途上だった江原啓之さんに力づけられ、辿《たど》りついたのが相曽誠治氏である。こういう苦しいわけのわからない経験をした者にありがちな、インチキ宗教や金儲《もう》け主義の心霊家に近づいて右往左往させられることもなく、廻《めぐ》り合うのはいつも私心のない、苦しむ者への愛に満ちた人ばかりだったことを思うと、私は不思議なような有難い気持になる。

それを思う時、私は目に見えぬ存在の加護があることを感じずにはいられない。そしてその加護、導きがなぜこの私に向けられたのかを考え、あるいは私の何かの（前世の？　又は先祖の？）因縁によって今生で私に課せられた使命のようなものがあるのかもしれないと思うようになった。それが何かはわからないが、それを果すためにこれまでの諸々《もろもろ》の困苦があり、それによって（私の唯一《ゆいいつ》の身上《しんしょう》である）強さが培《つちか》われた。この強さはもしかしたら私に与えられた使命を遂行するために必要なものだったかもしれない。

私はかつて、神に対して疑問を抱き、それゆえに神について考えるのをやめた、とこの章の前半に書いた。

「――神は人間を造ったが、造っただけであとはただ見ているだけの存在のようだった。神は助けもせず、教えもせず、罰しもしない。神に正義はあるのか？　と私は疑ったことがある。誰もが認める正直な努力家、人を憎むことも怨《うら》むこともなく、律儀《りちぎ》に暮している人が次々に災難に見舞われる。神は不公平だ。……神はなぜ人間を造ったのか」と。

しかし気がつくといつか私は神の膝下《しっか》にいた。いや、いるようだった、といった方が正確かもしれない。神は見ているだけ。それでよい、そういうものだった。幸せを祈ったからといって、神が叶《かな》えてくれるものではない、神は助けもせず、罰しもしない。

神は道徳家ではない。道徳を考えるのは人間なのである。自分の生んだカルマは自分で克服するべきものなのだ。祈れば神が聞き届けてくれるものではない。祈れば自分の魂が浄化されて行く。それが祈りの意味ではないのか？

理不尽な暴圧の下に苦しんで滅びて行ったアイヌ民族が怨霊団になったことに私は深い同情と義憤を抱き、神は見捨てたと考えていた。しかし私のするべきことは、神を非難することではなく、アイヌ民族のために祈ることなのだった。

——与えられた苦しみ、やって来た困苦を不条理だと反発してもしようがない。どんな不条理でも受け容《い》れるしかない。それを受け容れて苦しむことが必要なのだ。それがこの世を生きる意味であるらしい……。

私はそう思うようになっていた。そう思うしかない、という捨てばちな気持も半分あった。平成八年、九年と私の家の（狐霊による）異常な現象はつづいていた。しかし北海道はどの年も殆《ほとん》ど鎮《しずま》っていたから、私は相曽氏の力でそのうちこの狐霊も鎮まるだろうと信じていた。

相曽氏の存在がある限り、私は安心していられたのである。しかし、次第に相曽氏の講話の中に、屢々《しばしば》弱気が散見されるようになっていることに私は気がついた。日本の国の波動が高く上らなければ、悪霊団の力が強まり国は危うくなる。国の波動が上るには日本人の波動が高まらなければならない。今、いったい何人の日本人が、国のことを考えているだろう。もはや「日拝」などでは追っつかないのではないか、と私はいいたかった。そういっている間にも青少年の兇々《まがまが》しい犯罪が増えて行った。

「私どもは一所懸命に防いで来ました。しかしもう防ぎ切れないのでは、という気がします。こうして、ズルズル落ちて行くのなら、いっそ、早く大きな壊滅が来た方がいいかとさえ思います。早く壊滅が来ればそれから立ち直る日が早く来るでしょうから」

氏はいわれた。いってはならぬことをあえていおうとしているような苦しげな低声だった。

五章　死後の世界

1

一九九七年（平成九年）三月のことである。神戸市須磨区の団地・須磨ニュータウンの中の竜が台団地で九歳と十歳の少女が通り魔に襲われ、腹を刺された九歳の少女は命をとりとめたが、金槌《かなづち》のようなもので殴られた十歳の少女は死亡した。

それから二か月ばかり経《た》った五月二十四日、十一歳の少年が行方不明になり、三日後、中学校の正門前にその少年の切断された頭部が置かれているのが新聞配達員によって発見された。切断された首の、その口の両端が耳に向って六センチほど切り裂かれ、瞼《まぶた》と目尻《めじり》に面白半分のような切り傷がつけられ、眼球がくりぬかれていたという報道もあった。口に紙片が挿《さ》し込まれていて、「学校殺死の酒鬼薔薇」と赤で書かれていた。

少年が行方不明になる直前の二十日頃、同じ中学校の正門前に二匹の猫の死体が捨てられており、猫の右前脚と右後脚は根元から切断されていた。更にその数日前の九日には内臓を抜かれた首のない鳩の屍骸《しがい》が近くで見つかっていたという。続々ともたらされた目撃情報の中から捜査本部が摑《つか》んだ犯人像は「黒いブルーバードを所有し、黒いポリ袋を持ち歩いていた三十代から四十代の身長百七十センチばかりの屈強の男」というものであった。メディアは競ってその情報を流す。私は家族のない、独りぼっちの中年変質者を想像していた。

そんなある日、江原啓之さんと電話で話しているうち、江原さんはふと思い出したようにいった。

「あの神戸の首斬《き》り殺人のことですけどね、わたしが霊視をしてみましたら、おかしいんですよ。屈強の中年男といわれていますが、わたしが見ると、まだ十代らしい細身の青年が見えるんです。目が細くて、目尻がつり上ってるんですけど……」

わたしがまだ未熟なせいかもしれませんがね、といつも謙虚な江原さんはいった。

容疑者が逮捕されたのはそれから間もなくである。事件発生以来三十六日目だった。容疑者は中学三年生、十四歳の少年で、「屈強の中年男」ではなかったのだ。未成年者であるためマスメディアは顔写真を出さない。だがそのうち、写真週刊誌フォーカスが少年の写真を出したので、どの本屋へ行ってもフォーカスは売り切れ、という騒ぎになった。日頃はそういう騒ぎには乗らない私だが、この時は積極的にフォーカスを探し廻った。江原さんの霊視が当っているかどうかを確かめたかったのだ。漸《ようや》く人から借りることが出来て頁《ページ》を開き、思わず大声で家の者を呼んだ。江原さんの霊視通り、細い、目尻のつり上った少年の顔があったのだ。早速私は江原さんに電話をかけた。

「フォーカス、ごらんになりましたか？」

「はい、見ました」

淡々と、しかしどこか満足そうに江原さんは答えた。

「中年男ではありませんでしたね！　目尻がつり上った少年でしたね！」

「やはりそうでした……」

写真を見た時から思っていたことを私は口に出した。

「これは、憑依《ひょうい》じゃありませんか？」

江原さんはこともなげに、

「そう思います。憑霊ですね」

「で？　何が憑依してるんですか？」

「たいへん強いものですね。長い歴史の中で積り積った怨念《おんねん》が強力な霊団になったものです。この土地に関係があるようです」
その霊団が何ものの怨念かを江原さんはいわなかった。差しさわりがあっていえないらしいことが私にはわかった。
後に「少年A」と呼ばれるようになったこの少年は、殺害した十一歳の小学生と顔見知りだった。べつに小学生を憎んでいたわけでもない。小学生の家族への恨みがあったわけでもない。強いていえば小学生は「小さく弱い」存在だった。そしてその日、たまたま道で出会った。それで小学生は殺されたのだ。
切断した首の口には紙片が挟み込まれていて声明文が書いてあった。
「さあ ゲームの始まりです
愚鈍な警察諸君
ボクを止めてみたまえ
ボクは殺しが愉快でたまらない
人の死が見たくて見たくてしょうがない
汚い野菜共には死の制裁を

積年の大怨に流血の裁きを
SHOOL KILLER
学校殺死の酒鬼薔薇」

そうして数日後、神戸新聞社に彼が送っていたという「第二の声明文」が出た。

「神戸新聞社へ
この前ボクが出ている時にたまたまテレビがついており、それを見ていたところ、報道人がボクの名を読み違えて「鬼薔薇」（オニバラ）と言っているのを聞いた。
人の名を読み違えるなどこの上なく愚弄《ぐろう》な行為である。表の紙に書いた文字は、暗号でも謎《なぞ》かけでも当て字でもない、嘘《うそ》偽りないボクの本命（原文ママ）である。ボクが存在した瞬間からその名がついており、やりたいこともちゃんと決まっていた。しかし悲しいことにぼくには国籍がない。今までに自分の名で人から呼ばれたこともない。もしボクが生まれた時からボクのままであれば、わざわざ切断した頭部を中学校の正門に放置するなどという行動はとらないであろう。やろうと思えば誰にも気づかれずにひっそりと殺人を楽しむ事もできたのである。ボクがわざわざ世間の注目を集めたのは、今までも、そしてこれからも透明な存在であり続けるボクを、せめてあなた達の空想の中でだけでも実在の人間として認めて頂きたいのである。それと同時に、透明な存在であるボクを造り出した義務教育と、義務教育を生み出した社会への復讐《ふくしゅう》も忘れてはいない。

だが単に復讐するだけなら、今まで背負っていた重荷を下ろすだけで、何も得ることができない。そこでぼくは、世界でただ一人ぼくと同じ透明な存在である友人に相談してみたのである。すると彼は、「みじめでなく価値ある復讐をしたいのであれば、君の趣味でもあり存在理由でもありまた目的でもある殺人を交えて復讐をゲームとして楽しみ、君の趣味を殺人から復讐へと変えていけばいいのですよ、そうすれば得るものも失うものもなく、それ以上でもなければそれ以下でもない君だけの新しい世界を作っていけると思いますよ。」

その言葉につき動かされるようにしてボクは今回の殺人ゲームを開始した。

しかし今となっても何故《なぜ》ボクが殺しが好きなのかは分からない。持って生まれた自然の性《サガ》としか言いようがないのである。殺しをしている時だけは日頃の憎悪《ぞうお》から解放され、安らぎを得る事ができる。人の痛みのみが、ボクの痛みを和らげる事ができるのである。

最後に一言

この紙に書いた文でおおよそ理解して頂けたとは思うが、ボクは自分自身の存在に対して人並み以上の執着心を持っている。よって自分の名が読み違えられたり、自分の存在が汚《けが》される事には我慢ならないのである。今現在の警察の動きをうかがうと、どう見ても内心では面倒臭がっているのに、わざとらしくそれを誤魔化しているようにしか思えないのである。ボクの存在をもみ消そうとしているのではないのかね。ボクはこのゲームに命をかけている。捕まればおそらく吊《つ》るされるであろう。だから警察も命をかけろとまでは言わないが、もっと怒りと執念を持ってぼくを追跡したまえ。今後一度でもボクの名を読み違えたり、またしらけさせるような事があれば一週間に三つの野菜を壊します。ボクが子供しか殺せない幼稚な犯罪者と思ったら大間違いである。

――ボクには一人の人間を二度殺す能力が備わっている――」

忽《たちま》ち世間は騒然となった。この犯罪についての批判やら分析が飛び交った。まず目をつけられたのは家庭環境、父は？　母は？　それから学校、教師。交友関係。分析とホジクリと噂《うわさ》と批評。牽強付会《けんきょうふかい》。神戸地方検察庁はこういう見解を発表した。

「少年は小学校五年のころ、大事に思っていた祖母が死亡したのをきっかけに、死とは何かについて強い関心を抱くようになった。小動物を殺して解剖しているうちに楽しむようになり、良心の葛藤《かっとう》を伴いつつエスカレート。人を殺害してみたいという欲望にかられ、無抵抗の人間を対象に一連の犯行に及び、残虐《ざんぎゃく》性や特異性が強まっていった」

分析による論理的解明というものが、いかに無意味であるかを私は思わずにはいられない。少年の弟が病弱だったために母は弟にかかり切りになり、少年は祖母に溺愛《できあい》されて育った。その祖母の死が少年の心に衝撃を与え、「死とは何かについて強い関心を抱くようになった。小動物を殺して解剖しているうちに楽しむようになり云々《うんぬん》」

……何度読み返しても、納得することは私には出来ない。要するにそういう経過を経て彼は「変質者」「精神分裂症」になって行ったということなのか？　それだけなのか？……だからどうだというのだ。

逮捕された彼は、取調官がなぜお前は切断した首の口を切り裂くようなことをしたのかと問うたのに対して、

「ただ、そうしたかったんや」

と答えたということを、私は少年Aについての髙山文彦氏の労作「地獄の季節」の中で知った。そして、

「ただ、そうしたかったんや」

という一言は私の胸に染《し》みた。つかまえ所のない彼の数多い手記や発言の中で、これだけが真実の声だと私には思えるのだ。彼の中には彼のほかにもう一人の彼がいる。そのもう一人の彼によって彼は「口を切り裂こう」という気持にさせられた。なぜかといわれても彼は本心を説明することが出来ない。もう一人の饒舌《じょうぜつ》な彼の中に巻き込まれているからだ。だから彼は、

「ただ、そうしたかったんや」

というしかなかったのだろう。

七月十九日、警察に押収《おうしゅう》された犯行メモの一部が公表された。(以下、「地獄の季節」参照)

H9・3・16

愛する「バモイドオキ神」様へ
今日人間の壊れやすさを確かめるための「聖なる実験」をしました。その記念としてこの日記をつけることを決めたのです……

それから二人の少女を襲ったてんまつが記され、最後はこう結んでいる。
「自転車に乗り、家に向かいました。救急車やパトカーのサイレンが鳴り響きとてもうるさかったです。ひどく疲れていたようなので、そのまま夜まで寝ました。『聖なる実験』がうまくいったことをバモイドオキ神様に感謝します。」

H9・3・17
愛する「バモイドオキ神」様へ
朝、新聞を読むと昨日の「聖なる実験」のことが載っていたので驚きました。2人の女の子は死んでいなかったようです。人間というのは壊れやすいのか壊れにくいのかわからなかったけど、今回の実験で意外とがんじょうだということを知りました。

H9・3・23

愛する「バモイドオキ神」様へ

朝、母が「かわいそうに。通り魔に襲われた女の子が亡《な》くなったみたいよ」と言いました。（中略）捕まる気配はありません。目撃された不審人物もぼくとかけ離れています。これというのも、すべてバモイドオキ神様のおかげです。これからもどうかぼくをお守り下さい。

H9・5・8

愛する「バモイドオキ神」様へ

ぼくはいま14歳です。そろそろ聖名をいただくための聖なる儀式「アングリ」を行う決意をしなくてはなりません。（中略）「アングリ」を遂行する第一段階として学校を休むことを決めました。……

そこから先は書かれぬままに五月二十四日の兇行《きようこう》へとなだれ込んで行ったのである。「バモイドオキ神」とは彼が考え出した神の名なのだろうか？　聖なる儀式「アングリ」とはどこから考えついた言葉なのか？

髙山文彦氏は「地獄の季節」の中でこう書いておられる。

「いずれの日も、こころに大きな動揺と興奮がわき起こり、本名としての自己では持ちこたえることができず、架空の自伝の中心に『神』を置き、必死の形相で本名としての自己から逃れようとしている滑稽《こっけい》なくらい哀れな姿が見てとれる。奇怪なこころの世界をあらかじめ描くことによって、逮捕されたとき『精神異常者』としての特典にありつこうとでも考えていたのだとしたら、彼の道化はあまりにも幼稚すぎる」

しかし私は思う。

少年は「架空の自伝の中心に『神』を置き、自己から逃れようとしている」のではなく、彼は「支配されていただけ」ではないかと。

逮捕された時に精神異常者としての特典にありつこう、などと小ざかしく考えたのではない。彼は夢遊病者のように、あるいは催眠術にかかった人のようにそれらのことをした。いや正確には「させられた」。彼の本来の人格は「悪霊《あくりょう》」に占領され呑《の》み込まれている。本当は彼は何も考えていない。良心が痛むこともない。彼はタンク山で顔見知りの小学生を殺し、翌日再びその場へ行って金ノコで頭部を切断し、遺体の下に敷いていたポリ袋に溜《たま》った血を飲んだという。それが「聖なる儀式アングリ」なのであろう。

いみじくも高山氏は書いている。

「少年Aはこころの空洞を、いつしか『虚無』というもので満たしていったのではないか。やがてそれが『バモイドオキ神』として姿をあらわしたのではなかったのか」と。

それを私なりに解釈するとこういうことになる。

——少年は悪霊に憑依《ひょうい》されていたのである。

悪霊とは人の怨霊などに自然霊が加わった強力な低級霊団のことである。俗に自然霊といえば狐霊《これい》、狸霊《りれい》、蛇霊《じゃれい》、天狗霊《てんぐれい》などが代表（？）しているが、それらのほかに、形もいえないような奇怪なものたちがいるという。人間のすることとは思えないような残忍な殺傷の場合は自然霊が加わっていることが多いということだ。

悪霊は少年に憑依した。少年の「心の空洞」に呼び寄せられたともいえるし、つけ込んだともいえる。しかしその空洞は少年が穿《うが》ったものではないのである。空洞は何によって作られたか。祖母の死？　それは契機だったかもしれないが、それだけではない。

——切り拓《ひら》かれた丘の上のニュータウン。僅《わず》かな土くれも見当らず、人工の石畳で塗り固められた六角形の箱の底のような広場。整然たる街並。

「地獄の季節」の中のそこかしこには、この町の無機質な様子が出てくる。

「この広大なニュータウンのなかに、本物の川は一本しかなかった。名谷駅そばの団地内を通るタイルで三面張りにされた小さなその川でさえ、水は一滴も流れていなかった。橋はいたるところに架かってはいるが、その下を流れているのは、どれも水ではなく車である。」

自然の匂《にお》いも色も手ざわりもない、物質文明のまっただ中での日々の暮しが、無機質な少年を育てたといいたい髙山氏の咏嘆《えいたん》もよくわかる。それに加えて（私は実証出来ないが）心理分析家のいう彼の母親の教育への偏《かたよ》った考え方も、空洞を広げる役割を果したかもしれない。

そして少年は自我が確立されないままに孤独を抱え、そのため人格を占領されて変《へん》貌《ぼう》して行った。彼には寂しさや口惜《くや》しさや悲しさに耐えて乗り越えて行くための少年らしい単純な強い力がなかった。ある意味において彼は純粋で頭のいい考え深い少年だった。純粋は悪霊に占領され易《やす》いという。彼には魂の強さが育っていなかった。少年が通り魔事件後の四月に書いた「懲役13年」という手記がある。

1. いつの世も…、同じ事の繰り返しである。

止めようのないものはとめられぬし、

殺せようのないもの《(原文ママ)》は殺せない。
時にはそれが、自分の中に住んでいることもある…
「魔物」である。
仮定された「脳内宇宙」の理想郷で、無限に暗くそして深い防臭漂う《(原文ママ)》
心の独房の中…
死霊の如《ごと》く立ちつくし、虚空《こくう》を見つめる魔物の目にはいったい、
〝何〟が見えているのであろうか。
俺には、おおよそ予測することすらままならない。
「理解」に苦しまざるをえないのである。

2.魔物は、俺の心の中から、外部からの攻撃を訴え、危機感をあおり、あたかも熟練された人形師が、音楽に合わせて人形に踊りをさせているかのように俺を操る。
それには、かつて自分だったモノの鬼神のごとき「絶対零度の狂気」を感じさせるのである。とうてい、反論こそすれ抵抗などできようはずもない。

こうして俺は追いつめられてゆく。「自分の中」に…

しかし、敗北するわけではない。

行き詰まりの打開は方策ではなく、心の改革が根本である。（以下略す）

彼は闘おうとして苦しんでいたのか。自分の中の、止めよう抑えようとしてもどうしても動かされてしまう力と。自分で自分がわからない。湧《わ》き起ってくるどうすることも出来ない力を彼は殆《ほとん》ど「魔物の力」と感じた。

しかし彼は自分の中の悪霊の存在を知っていたわけではないだろう。ただ比喩《ひゆ》として「魔物」という言葉をつかっただけではないのか。その彼に、「君の中にソレがいるのだ、悪霊が」と教えたら、彼はどうするだろう。それを思うと私はいうにいえない憐《あわ》れさでいっぱいになる。

2

少年Aについて私はあまりに長く書き過ぎたかもしれない。こんなに執拗《しつよう》に書いたのは、私の考えを読者に納得してもらいたいからである。神戸家裁は少年を医療少年院送りと決めた。鑑定書は少年の非行時も現在も顕在性の精神病状態にはなく意識清明で、年相応の知的判断能力があると判定している。

「未分化な性衝動と攻撃性との結合により持続的かつ強固なサディズムがかねて成立しており、本件非行の重要な要因となった」と。

人が人を理解することの困難を改めて私は思う。家庭裁判所は「意識清明で知的判断能力があり、かつ性衝動と攻撃性からサディズムが育った」と判断し、私は「悪霊の憑依」だと考える。おそらく多くの人は前者を肯定し、後者を黙殺あるいは嘲笑《ちょうしょう》するだろう。私を含む極めて僅かな心霊を信じる人たちだけが悪霊憑依を確信している。そうしてそのどちらも信じかねる若干の人たちが、彼を憎み、怖《おそ》れ、医療少年院送りになったことに不安と怒りを抱いている。あの鬼畜のような残忍な行為はまさしく彼が行ったことであるから、それは当然の感情だといえるだろう。医療少年院での彼の様子は我々には皆目わからないから、彼が出て来た時の心配が誰の胸にもある。勿論《もちろん》私にもある。家裁はいう。

「熟練した精神科医による臨床判定（定期的面接と経過追跡）と並んで、熟練した心理判定員による定期的心理判定を活用すべきである」

「少年を、当分の間、落ち着いた、静かな、一人になれる環境に置き、最初は1対1の人間関係の中で愛情をふんだんに与える必要があり、その後徐々に複数の他者との人間関係を持たせるようにして、人との交流の中で、認知のゆがみや価値観の偏《かたよ》りを是正し、同世代の者との共通感覚を持たせるのがよい」

「なお、少年の両親、特に母親との関係改善も重要である」

これを一読して忽《たちま》ち私はしらけた。これで解決した（解決出来る）と、本気で思っているのか。ここにあるのは観念的な言葉の羅列だ。もはやこうした一定の言葉を並べてことがすむような時代ではなくなってきているのだ。物質文明の爛熟《らんじゅく》が人間の価値観を変え、精神性を侵害してきていることとの、これは端的な現れではないのか？

私は思う。悪霊にとり憑《つ》かれたこと、それが彼の罪だろうか？

「心の空洞」を作ったこと、無機質な人間になったこと、それが彼の罪だろうか？

と。

一九九七年に起きたこの事件の翌年から、まるで伝染病のように十代の少年たちの殺人が始まった。まず九八年一月に十九歳の少年が「誰でもいいから殺してやろう」と考えて、幼稚園の送迎バスを待っていた幼女など三人を刃物で刺し、同じ一月の末、十三歳の少年が「腹が立ったので脅かしてやろう」と女性教師を刺殺した。翌二月、十四歳と十五歳の少女が「年金を目当てに」六十九歳の老人を殺し、三月には中学一年の男子生徒が同級生を刺し殺す。同月、中学二年の男の子が金属バットで寝ている父親を殴り殺した。父親が女友達との交際に干渉したり友達を殴ったのを根にもったというのが理由である。そしてその年の締めくくりとして、八十歳の老女が中学三年生の男子生徒に包丁で刺し殺された。「ゲームセンターで遊ぶ金が欲しかったから」だという。

年を越して一九九九年。この年の主だった殺人は二件だが、二〇〇〇年に入ってからは十件を超える殺傷事件が起きている。五月一日に十七歳の少年が「人を殺す経験をしよう」と思って主婦を殺した、その二日後の五月三日、西鉄バスジャック事件が起きた。この犯人も十七歳である。

その日、午後十二時五十六分佐賀駅前を福岡の天神に向って出発したバスには二十一人の乗客がいた。バスが出発して三十分後、その中の一人であった十七歳の少年が包丁をふりかざして立ち上り、

「このバスを乗っ取る！」

といったのが始まりである。彼は運転手に向って「このまま真直《まっすぐ》に行け」といい、乗客に後部座席へ移るように命令したが、前の座席に坐《すわ》ったままでいた女性の乗客を見て、

「ふてくされていますね」

といっていきなり首のあたりに切りつけた。そして、

「あなたたちが行くのは天神じゃない。地獄です」

と丁寧語でいった。彼は自分を「山田」と名乗った。

その後、トイレに行きたいといってバスから出ることを許された若い女性が、そのまま逃走したことに気がついた彼は、「見せしめだ」といって一人の女性の腕と首に切りつけた。更にその後、一人の女性が窓から飛び下りて逃げて行ったのを見て、

「連帯責任だ」

といって別の女の乗客を刺した。

それから十五時間あまり経《た》った翌朝の五時頃になって漸《ようや》く警察によって彼は捕縛されたのだが、その間に彼は六十八歳の女性を殺し、二人の女性に切りつけて重傷を負わせている。

二か月前の三月、彼は自分の部屋に鍵《かぎ》をかけて閉じ籠《こも》ったり、母親に向ってナイフをふりかざしたりしたため、両親の手で国立肥前療養所に入院させられた。この日は一時帰宅を許され自宅に帰った日である。

マスメディアによる一連の報道を見聞きしているうちに、少年がインターネット上に書き込んでいたという数行が私の目に止った。

「自分の中の別の自分が人を殺せといっている。助けてくれ」

そして（テレビ報道だったと思うが）バスの中で少年は、女の子が、

「殺せ、殺せ！」

といっているのを聞いたという報道があった。彼の母が病院の主治医に出したという「意見書」の中にこういう箇所がある。

「……（前略）息子自身、心の中の闇《やみ》を、未《いま》だ誰にも話せず心の中に封じ込めて破壊現象がおこっているように思えてなりません。早く楽にしてあげたいです。私達ではどうしようもないところに来ています……」

少年は犯行の二か月前に「我が革命を実行す」「我は天帝なり」「ハンザイケンキョリツサイテイノサガケンケイデハムリ」などと書いた犯行予告を警察庁に送っている。しかし主治医は母親のいう危険を認めなかった。週に何回か十分程の面接をするだけで投薬もなかった、と母は歎《なげ》いている。だがおそらく主治医の前では彼は病的な面を見せなかったのだろう。医師の前では、初めバスの乗客が感じたように「とても冷静で、敬語で話す、マジメそうな子」だったのかもしれない。だがマジメそうな子である彼の中にもあのA少年と同じ悪霊を呼び込む「空洞」が広がっていたに違いないと私は思う。

「人間関係に傷つき、挫折《ざせつ》して、生活に充実感を持てなくなった子供たちには、世間

に大きな反響を引き起すことで空虚感を埋め、生きたあかしを実感したいという願望が強い。そこに善悪の判断はない」

この事件へのこういう分析を私は読んだ。

「大きなことをやって認められたい。しかし現実には誰も評価してくれない。その思いの繰り返しの果に暴発する」

という意見も聞いた。

劣等感や屈折した優越感や世の中（親、学校）の矛盾や性衝動や自分でもわけのわからぬ不満など、それと苦しみ闘いつつ通過して行くのが青春というものである。どの時代もそうして人は成長したのだ。自分の思い通りにならないことがあるからといって、今までは誰も人殺しなどしなかった。

この国にはかつて存在していなかった少年たちが今、続々と現れている。「認められたいのに誰も評価してくれない」から人を殺す？　だとしたらそういう少年たちの登場が何を語っているかということを私たちは考えなければならないと私は思う。分析して理窟《りくつ》をいっているうちに、この事態の重大さにおそれおののくという感情が消えていく。それが私は怖ろしい。

日本人は怖れるべきことを怖れず、泣くべきを泣かず、怒るべきを怒らない人間になりつつある。理窟をいって勝手に納得する。心で動くのではなく観念に動かされる。人間はやさしくなければいけないから、やさしくしようと考える。だがそれはほんとうのやさしさではないやさしさだということに気がつかない。

人も社会も無機質になり、無機質な子供を育てる。無機質が無機質を呼ぶ。悪霊は無機質であるから同化し易《やす》い。少年たちは非人間的な殺人を犯す。だがそれは彼らの責任ではないのである。私は彼らを怖れるが、しかし憎むことは出来ない。

3

高校生の校内暴力が始まったのは一九七〇年代の半ばあたりからである。六〇年代にも二つ三つの教師への暴行事件がありはしたが、一九七八年五月に大阪商業大学附属高校で校舎の窓ガラスが三六三枚割られ、生徒指導の教師が二人、十人余りの高校生から暴行を受けたという事件のあたりから、いわゆる「校内暴力」が頻発するようになった。家庭内暴力が始まったのも同じ頃だと思う。

大阪商業大学附属高校の暴行の原因は、頭髪の規則を廃し体罰の中止を生徒が求めたのに対して、学校側が拒否したことである。学校が取り決めた規則に対して絶対服従が生徒の本分、義務であるとされてきた我が国の教育システムに対する反抗がはじめて表面化した時、といってもよいだろう。敗戦後の日本人を洗脳した自由平等、反体制、反権力思想。それを吸収した若者が力ずくで自分たちの要求を通そうとして、通せないことへの苛《い》ら立《だ》ちを表現したのである。後に頻々と起った少年の暴虐《ぼうぎゃく》行為と較《くら》べると、その時の彼らの暴行にははっきりした理由、目的があった。確かにそれまでの学校教育は一方的な規制と高圧に片寄っていたと思う。

それがきっかけとなって高校生の校内暴力は増えて行った。一九八〇年には三重県尾鷲《おわせ》の中学校で生徒が授業をボイコットし、それを制圧しようとした学校側に反抗して暴れたので、警官隊が四十八名も出動するという大事件になった。予備校生が両親を金属バットで殴り殺したという事件が起きたのも同じ年である。その三年後には町田市の中学校で生徒に威《おど》された教師が果物ナイフで刺したという事件が起きている。高校に始まった暴力が中学まで広がって来たのだ。

「大量消費社会の到来とともに、若者文化が低俗化する。飲酒、喫煙、深夜徘徊《はいかい》、性交渉等が一般化。バブルの到来が拍車をかけ、遊び文化が若者に浸透していく。（中略）マスコミによる徹底した管理教育批判が行われ、学校の教育力はどんどん低下していく。いじめも増加。教育問題は深刻化する」

長尾誠夫氏のインターネットホームページ「戦後教育暗黒史」はそう書いている。

どの中学校もイジメ問題を抱え、虐《いじ》められるので不登校、あるいは自殺する少年が出てきた。

「どうして子供たちはこんなになってしまったんだろう」

とおとなは口々にいった。ある意見は受験競争、偏差値教育が原因だといい、別の意見はアメリカの占領政策は日本人をフヌケにすることだから、そのため日本の教育に対してことごとに容喙《ようかい》した、その結果がこれだ、といった。また日教組が教育を歪《ゆが》め日本人を歪めたという意見、家庭のあり方、父親の自信喪失を原因とする意見から、修身、教育勅語復活論まで出たが、その時にもまだ我々おとなには答えを見つけるための手がかりがあった。少なくとも「ある」と信じていた。文部省も能力主義を排して個性を生かすための「ゆとり教育」というものを考え出したりしていたのだ。そんな間にも少年たちはどこ吹く風でどんどん変貌《へんぼう》して行く。九三年に入って間もなく、山形県新庄の中学校の体育館で、一年生の男子生徒がマットの中に巻き込まれて死んでいるという事件が起きた。それは一方的な弱い者イジメの結果なのか、それとも対等の喧嘩《けんか》をして勝った方が、燃えさかった闘争心に引きずられてマットに巻き込んだものか、当事者以外には本当のところはわからない。

だがどの時代もどの国でも、少年の中には青春の血気が沸騰《ふっとう》する時期があるということだけはわかる。それは男性の成長過程で避けては通れぬ血のたぎりなのだ。

弘前には昔から「ねぷた」という夏の行事がある。私の父は弘前の生れだが、弘前はその頃、上町《うわまち》と下町《したまち》とに分れていて（それは階級による区分だったのかもしれない）、若者たちは平素から仲が悪かった。ねぷたは上町と下町の若者の、天下晴れての「喧嘩の日」だった。その日はそれこそ殺すか殺されるかの喧嘩をしたものだ、と父はよくいっていた。

それが「天下晴れての喧嘩の日」だったのは、若者の中に湧《わ》きたぎる青春のエネルギーを燃焼させて調節させてやらねば、という親心だったにちがいない。戦後になって日本の教育は「みんな仲よく」「人の気持をわかる人になれ」が優先項目になった。例えば運動会で、かつては男の子のスポーツと決っていた棒倒しや騎馬戦をなくしたのは、怪我《けが》を恐れる母親や、騎馬戦を暴力と結びつける短絡教師たちの愚見のためだ。少年たちはエネルギーの発散場所を閉ざされ「女の子と同じように」教育された。男の中に湧き出るエネルギーは封鎖され、内攻する。弱い者イジメになったり、一旦《いったん》爆発すると殺すところまで行ってしまう。そうしてついに一九九七年三月「酒鬼薔薇聖斗」の殺人行為へとなだれ込んで行ったのである。

何よりも「おとなしい、いい子」を第一とする親たちは、なぜ少年たちがこうなったのかと悩むばかりだ。文部大臣が「心の教育」を説いても「心の教育」とはどうすればいいのか、それは「どんな心」なのかもわからなくなって行った。そうして女子高生が売春をし、それを「援助交際」と称して「何が悪い？　誰にも迷惑かけていないのに」といい、そういわれると親たちは何もいえなくなった。女の子たちは開き直っていっているのではなく、本心から無邪気にそう思っているようだった。良い悪いの問題ではない。十代の娘なら当然ある筈《はず》の「潔癖性」や「羞恥心《しゅうちしん》」がなくなっていることが問題なのだといったところで、彼女たちが理解する下地はないのである。潔癖性や羞恥心がなぜ必要なのかがわからない。なぜそうなったのか、考えてもしようがないから誰も考えない。「心の教育」という言葉は「羊羹色《ようかんいろ》の山高帽」といった趣になってしまった。

相曽誠治氏が亡《な》くなったのは一九九九年十二月三十一日の夜半、あと一時間で二〇〇〇年がくるという時刻だった。

その電話の報《し》らせが鶴田医師から届いたのは、二〇〇〇年の元日である。新年の挨《あい》拶《さつ》もそこそこに、鶴田医師は相曽氏の死を告げた。私は「えっ！」と叫んだきり言葉を失った。

「私どもは一所懸命に防いで来ました。しかしもう防ぎ切れないのでは、という気がします。こうして、ズルズル落ちて行くのなら、いっそ、早く大きな壊滅が来た方がいいかとさえ思います。早く壊滅が来ればそれから立ち直る日が早く来るでしょうから……」

その言葉を私は思い出した。そしてこんな時に亡くなるとは何ということだ、と思った。

私にとってそれは全く唐突な死だった。相曽氏の肉体が弱ってきておられるらしいと、鶴田医師から聞いたことはあった。だがそう聞いていても私には、相曽氏に死が訪れるということに実感がなかったのだ。後で知ったことだが、氏の心臓にはペースメーカーが入っていた。その上、数年前に胆嚢《たんのう》の手術を受け、その頃から体力が落ち、日に日に足腰が弱っていたという。

「それでも神事などの頼みごとを受けると決して断らずにどこへでも出かけて行かれましたからね。ご親族はヤキモキしておられたということですが、我々にはわかりませんでしたね。そういう面を見せられなかったですから……。申しわけのないことをしました」

鶴田医師はそういって悔む。そんなこととは知らずアイヌの怨霊《おんりよう》浄化のために、はるばる北海道まで来てもらった私はもっと辛《つら》かった。
私は思った。
相曽氏はこの世での使命を終えて帰幽されたのか？
それとも、神に召し返されたのだろうか？　もはやこの日本の現状に打つ手はない
と見極めをつけられたからだろうか？
一九九九年の大晦日《おおみそか》の午後十一時。相曽家では子息一家や令嬢一家も集って年越そ
ばを食べ、相曽氏はコップに三分の一ほどのビールにちょっと口をつけたその後で、
「皆さん、ありがとうございました」
一言いって、端坐したまままことと切れた——。
はじめ私は鶴田医師から相曽氏の最期《さいご》をそのように聞いた。やはり氏は「神界から
来られた方」だった、と思った。神から与えられた氏の任務期間は一九九九年の最後
までで、それを全《まっと》うして氏は恬然《てんぜん》と帰幽されたのだ。ならば相曽氏の死を悼《いた》むのでは
なく、使命を果して帰幽されたことを寿《ことほ》いだ方がいいかもしれない——。
そんなふうに私は考えることにした。ついにここまできた荒廃の世を後にしなけれ
ばならないこと、志を果せなかった無念が残りはしなかったかという思いに胸を嚙《か》ま
れながら。

しかしその後、私はまた鶴田医師から、氏の最期について前とは違うこんな話を聞かされた。一家が年越そばを食べ終った時のこと、かねてから老衰で弱っておられた夫人が厠《かわや》に立ったのを氏は気遣い、様子を見ようと廊下を這《は》って行って、途中で崩れ落ちて息絶えた——。そうご子息が洩《も》らされたという。

「——廊下を這って行って」という説明に私は胸を絞られた。そこまで相曽先生は衰弱しておられたのか——。使命を終えて恬然と帰幽されたのではなかったのだ——。

そう思った時、胸を絞られながら私の中でどこか釈然とするものがあった。氏は満身創痍《そうい》になっても命のつづく限り、この国を本来あるべき姿に正そうという決意の人だった。病妻を心配して廊下を這って行って力尽きたというその姿は、人が理解してもしなくても、ただ真直《まっすぐ》に信じる道を説き、苦しむ人を助けるために東奔西走してついに力尽きたその人生の象徴だと私は思う。端然と坐したまま こと切れたという話は、氏を神人として畏敬《いけい》していた門人が、神人の最期はかくあってほしいと願う余りに創作されたものなのだろう。

「昔は十代の子供が憑霊《ひょうれい》される例《ため》しは全くありませんでした。子供の魂は純で穢《けが》れがないからです。しかしこの頃は十代の憑霊が増えて来ています。かつてなかったことが現れているのです。日本の波動がいかに下って行っているかがこれでわかります。

一人一人がそれに気がついて、波動を上げて行かないとこのままではたいへんなことになります」

相曽氏がそういわれたのはたしか、酒鬼薔薇聖斗の殺人事件が起きた頃だったと思う。氏が亡くなってから半年と経《た》たぬうちに西鉄バスジャック事件が起き、翌年は大阪の池田小学校に侵入した男が手当り次第に児童を殺傷した。そうして高校生の荒廃は中学生にまで広がり、ついには小学生にまで下って来て「学級崩壊」という言葉が生れた。

尾木直樹著「子どもの危機をどう見るか」によると、小学校の教室はゴミだらけ。「先生が配ったプリントがあちらに散乱しているかと思いきや、こちらには上グツが片方ずつ転がっています。むし暑さのせいか、子どもたちが脱いだクツ下がこれもあちらに片方、こちらに丸めて一セットと散らかっています。むろんシャープペンシルや消しゴム、カンペン（ブリキの筆入れ）なども落ちています。とにかく子どもたちのすべての持ち物を、ちょうどおはじきをバラまくように思い切り床に放り投げれば、こんな感じになるのではないかと思えるほど、雑然と散乱していたのです。（中略）授業中にもかかわらず、先生の許可も得ずに突如二、三人の男の子が後ろのロッカーに猛然とダッシュします。何かをとりに行ったようです。途中で、誰かのカンペンが

け飛ばされて、ツーとすべる音。(中略) 先生の方を向いて座って授業を聞いている子は半数もいません。(中略)

そのうち、騒音の中から何となく『——ナラ』という語尾が児童の声で聞こえたと思ったとたん、子どもたちが一斉に出口へと殺到しました。どうも下校のようです。(中略)

私の担任体験では、授業の終了、『帰りの会』の開始、司会の発言、係からの報告、先生の連絡、終わりの挨拶と続くはずなのに、とにかく一つひとつのくぎれがまるで見えません。(中略)

『担任はどこに?』と私がつま先立ちで姿を探すと、一人の女性教師が教室の後ろの隅から、児童に負けじと元気のいい大声を張り上げて何かを伝えています」

尾木直樹氏は北から南まで全国二百か所近くに及ぶ聞き取り調査や授業参観を重ねて、漸《ようや》くこの学級崩壊の全体像を摑《つか》んだのだという。前記したのはある地方の小学校での参観記述だが、この話を聞いた都内の小学一年の担任だという女教師は、「そんなのまだラクな方」だといって目に涙を滲《にじ》ませたということである。

私は相曽氏の心配を思い出さざるを得ない。そのうちこの小学生の荒廃につづいて「子への親の虐待」が社会問題になってきた。若い母親が「しつけ」という名目のもとに我が子を虐待し、死に到《いた》らしめる事件が増えてきているという。

こうして並べてくると、誰の目にも日本人の心が年を追って荒廃していることが歴然とわかるだろう。なぜここまできてしまったのか？　ある人が何かの本で読んだという意見を開陳してくれた。学級崩壊は「管理教育批判が始まりだ」と。学力低下は「受験競争否定論がもとだ」と。家庭崩壊は「フェミニズム」が原因で、少年犯罪の増加は「少年法擁護論」にあり、フリーターの増加は「帰属意識やナショナリズムの喪失」。文化の荒廃は「表現の自由絶対論」が原因である、と。

そう聞くと、なるほどと思い、あえて否定する気持はなくなる。しかしよしんばそれが当っているとしても、だからどうなるというものでもあるまい。ではどうすればいいのですかということになると、

「うーむ、ここまで来てしまってはねえ……」

と唸《うな》るだけなのである。


テレビを見ていたら、牛が泡を吹いてのたうち廻っている。何ごとかと聞くと、牛に牛の骨粉を食べさせたためにこんなことになった。これを狂牛病というのだ、と家の者がいった。――牛に牛の骨を粉にして食べさせた!?

私は驚倒して、

「世も終りだ！」

思わず叫ぶと居合せた人は一斉にどっと笑った。

これが二十一世紀の「文明」なのである。人間の感性の麻痺《まひ》と効率至上主義を狂った牛が象徴している。科学の進歩は人間をここまで傲慢《ごうまん》にしてしまったのか。いったいいつから人はこの世の自然も生きものも、すべて「人間のためにある」と思い込むようになったのだろう？　美しい自然は「人のためにある」という思い込み。だから人の生活の利便のためには、それを破壊してもいいと考える。森を伐《き》り山を崩して鳥や猿の居場所と食糧を奪いながら、やれ猿が畑を荒しに来る、烏《からす》が生ゴミを漁《あさ》って街を汚す、といって憎む。その傲慢が牛に牛の骨粉を食べさせ、遺伝子操作で生命体を産み出し、空気や水や土を汚した。花粉症患者が年々増加して行くというので、どこかの行政は杉を伐り倒す案を練っているそうだ。杉を伐っても花粉症は終熄《しゅうそく》しはしない。日本の空中を蔽《おお》う排気ガスが元凶だからだ。しかし排気ガスはこの国の発展を支えるために必要なものだから、それはそれとしておき、杉を伐ってお茶を濁すということになるらしい。すべてにおいて人間の「利便のため」が基本である。そうして、自分の首を自分で締めている。狂牛病の発生は起るべくして起った人類の傲慢への罰だ。

目を転じて医学に向けてみると、この二、三十年の間に医学は目ざましく進歩した。難病に治癒の希望が生れ、人の寿命は延びた。だが今、我々の心の中には新たな当惑と不安が生れている。医療の進歩によって多くの医師が「病巣《びょうそう》」にのみ目を向けて「病人」を忘れるようになったからである。医療の機械化と技術の進歩のために、我々は「人間」ではなく「物」としてあつかわれることに甘んじなければならなくなった。手術台の上での病人は「白布に囲まれた患部とその器《うつわ》」としてしか認識されなくなりつつある。死ぬさだめの人間の命を無理やり延ばし、いらぬ苦痛を長びかせ、ただ心臓が動いているだけの状態に陥らせることを医学の進歩だとして平然としているためには、人間の尊厳について考えないことが必要なのだろう。そして患者を「物」として考えるには、医師自身も無機質な「物」になるしかしようがないのかもしれない。

日本人の精神性は無残に干上ってしまった。メディアは日替りメニューのように日々、警察、官僚、政治家、教師、企業、学生など社会各階層の腐敗を報じるのに忙しい。それらを報じるメディアさえ、本来のジャアナリズムの使命を忘れ、社会の木鐸《ぼくたく》としての誇りよりも、まず利得を考えるようになっている。

——資本主義社会なんだからしょうがない。

それが唯一《ゆいいつ》のいいわけになっている。しかし日本人が精神性を放棄したことと資本主義とは本来次元が違うこととして考えるべきであろう。恥や誇りや情が地を払って、むき出しの岩肌に囲まれ科学文明に汚染された土壌から酒鬼薔薇聖斗をはじめとする一連の非人間的犯罪が生れた。浮遊霊、地縛霊、怨霊、悪霊はいつの時代にも、どこにもいた。しかしかつての日本人はそんなものに憑《つ》かれない強さを持っていた。日本は貧しく世の中は矛盾や理不尽、不如意《ふにょい》に満ちていたが、むしろそのために人は鍛えられ耐える力を養われ、強くなりえたのである。

一番の美徳は自然の摂理というものをわきまえていたことである。自分たちの欲望のままに自然や他の生きものを破壊しようとは思わなかった。鳥獣は山に、人は里に。共存を当然のこととしていた。神の存在を信じ、怖れかしこみ、感謝した。人間が一番エライなどとは思わなかった。人間の暮しのためにやむをえず他を犠牲にすることはあっても、それを当然の権利だとは考えなかった。子供たちはおとなから、「人としての道」を教えられて育ち、それを後から来る者に伝えた。立派な人とはどういう人であるかを教えたが、どうすれば損をせずにすむかということなどは教えなかった。

そんな教えをすべて守ることは、この世を生きねばならない人間の本性に添わない場合があるということがわかっていても、いや、わかっているからこそ、それを教える必要がある、それがおとなの義務であると、皆が考えていたのだ。その頃、子供たちが清らかで高い波動を持っていたのは、社会全体の価値観が統一されていた上での、教育の力だったのだろう。

——神さまは見ておられる……。

親も先生も誰も見ていないから安心だと思えても、神さまのことを思うと悪さをした子は心が咎《とが》めたものだ。その頃、神への畏敬《いけい》は幼い胸にしっかり植えつけられていた。そしてそれが良心というものに成長した。

だが成人するにつれて、その畏敬は磨滅して行く。この世を生きるということは、欲望と連れ立って行くことであるから、神への思いを消し去らなければよろずに厄介なのである。けれども一度「良心」をはぐくんだ者の心の底には、消したつもりでいても「美徳の故里《ふるさと》」が痕跡《こんせき》を止《とど》めていて、ある日ふとそれが疼《うず》き出したりするのである。今の若者には「故里」の土壌がない。その必要を認めて作ってやらなければならないと思う親が年を追って減少しているからである。

科学文明の進歩はもう沢山だ。私はそう思う。月は「お月さま」として天空に懸るだけでいい。他の惑星なんかへ行く必要はない。五時間かかるところを二時間に縮めたいとは思わない。夏は暑く、冬は寒いことを当然のこととして受け容《い》れる生活がしたい――私は切にそう思う。ただし、冬の寒さ、夏の暑さが自然がもたらす純粋の暑さ寒さであることが必要だ。今の暑さは物質文明が変質させた暑熱である。だから湿度が高くて堪えられない。そこで我々はクーラーを使う。クーラーを作動させて屋内を涼しくし、屋外へ熱風と湿気を噴出させ、ますます暑熱を作り出す。そうして、昼も夜もフル作動させなければならなくなる。この循環が今の夏を作っている。このままで行けばどんなことになるのか誰にもわからない。私にわからないのは無知のためだが、専門家にわからないのは、多分わかろうとしないからだろう。前方ばかり見ていて、まわりを見ようとしないからだろう。もしわかっているのなら、それなりの手を打とうとする筈《はず》だ。

科学はクローン人間の誕生を可能にしたという。その目的は何なのだろう？　それを教えてもらいたい。人はいったい何を目ざしているのか？　それも知りたい。この地球をどうしたいのか？　惑星の研究をしているのは、やがてはこの地球を見捨てずにはいられなくなる時がくることを予想してのことなのか？

かつて私は相曽氏に問うたことがある。

「私にはこの文明の進歩が人の心を荒廃させ無機質な人間を作っている根元だと思う

んですけれど……。これを止めるわけにはいかないものでしょうか？」

氏は何もいわず、

「そうですねえ……」

と苦笑を浮かべられた。私の発想の単純さに困惑したように。

4

そしてとうとうここまで来た。

バブル景気に浮かれて我を忘れた後、儲《もう》け話と贅沢《ぜいたく》に浮かれ踊ったその罰のように、我々は肥大化した欲望をもて余して不満と不安の中にいる。経済問題ばかりではない。日本人の変質のただならぬ様相に漸く気がついて、心ある人たちは心配しはじめた。なぜ人を殺してはいけないのかと真面目《まじめ》に問う少年が登場したことで、人間としての感性が育たず、すべて理窟《りくつ》でしか納得出来ない新日本人の発生を我々は知らされた。

「この文明の進歩を止めるわけにはいかないものでしょうか」

と私がいった時、相曽氏が「そうですねえ」と苦笑を浮かべられたわけが今、漸く私にはわかる。

ものごとは一旦《いったん》進み出したからにはもうその流れを止めることは出来ないのである。

後退させることも不可能だ。行きつくところまで行かなければ、方向を変えることは出来ない。私はかつての戦争でそのことを教えられた。負ける、負けるといいつつ、原爆を落されなければ戦争を終らせることは出来なかったのだ。高度経済成長からバブル経済に向っている時、株や土地の高騰《こうとう》に、先行きの不安を感じながら、バブルが崩れて景気が落ち込むまでは日本中がその流れに乗っていた。

物質の豊かさと自由快適な暮しを追い求めているうちに我々は心を荒廃させていった。理由のない衝動殺人、荒れる高校から中学へ、そしてついに小学生にまで荒廃が及んだと思ったら、この頃は親の児童虐待《ぎゃくたい》が増え出した。かつて我が国で女性の一番の美徳とされていた「母性愛」が変質してきたのである。

かつての男社会では男に都合がいいように「母性愛」を美徳として讃《たた》えた、それに女がのせられただけなのだという意見がある。また、男性主体の社会では、女は子供を育てること以外に何の楽しみも情熱の捌口《はけぐち》もない家事の奴隷《どれい》だったから、生甲斐《いきがい》を子供に賭《か》けるしかなかったために育って行った観念だ、女性が家庭の桎梏《しっこく》から解き放たれて、自由に社会で力を発揮するようになれば、子供が至上のものでなくなるのは自然のなりゆきだという意見もある。

しかしだからといって、気分、感情に委《まか》せて弱い存在である子供を死んでしまうほど折檻《せっかん》するのだという理窟は成り立たない。女性は妊娠、出産という肉体的精神的苦痛を通過して母になっていかなければならない。そのため神は男性に勝《まさ》る忍耐力と強靭《きょうじん》さを女に与えられている。その我慢の力に加えて、苦痛と共に産み落した分身への、理窟ではいい切れない情もまた神から与えられていた。自分の思い通りにならない最も強大な存在が嬰児《えいじ》である。泣き声がうるさいからと、いくら怒っても威《おど》しても、泣く時は泣く。それを我慢してつき合っていくうちに女は母になっていく。子のために耐え難いことを耐えること、子に尽すことが当り前になっていくのである。

神はそんなふうに女を創《つく》られた。男と女は平等ではあるが、同質ではない。夫が子供の世話をすべて妻に押しつけるといって腹を立てても、だからといって子供をほうり出して知らん顔をしていることは出来ない。その「いうにいえない母の情」というものが今、磨滅してきているのである。

目に見えて下って行くこの国の波動。それを高めるためには太陽を仰いで祈ることだと相曽氏はいわれた。我々の胃の後ろの方に太陽神経叢《そう》があり、そこで自律神経を調整する。朝の大気が清浄な時間に太陽を仰いで息を吸い込むと五感が鎮静化され、雑念妄念《もうねん》が遮断《しゃだん》されて正しい霊感や直感の世界に入ることが出来るようになる。一人一人がそれを行うことが日本の国の浄化につながるのだと氏はいわれた。

「それ以外にありません」と。

それはきっと正しい答えなのだろう。そう思いつつも、もうひとつ釈然とするものが私になかったのは、この現代に生活している人々の現実感覚から、それはあまりに遊離してしまっていると思うからだった。

「そのほかに何か、ありませんか？」

としつこく訊《き》くが、

「ありません」

ときっぱりいわれ、私は途方に暮れつつ引き下った。そうしてやっぱり相曽氏は神界から来られたということは本当だ、と納得した。氏は日本と日本国民のことを誰よりも心配しておられることは確かだ。それを救い導く使命を持って降りてこられたことも私は信じる。だが氏はこの現実とその中に暮す人々をまだ十分にわかっていない。生身の人間として、欲望の坩堝《るつぼ》に浮き沈みした経験のない方だから。――私の中にそんな思いを残したまま相曽氏は神界へ帰ってしまわれたのだった。

中川昌蔵氏の知遇を得たのはそんな時である。中川氏の存在を私に教えてくれたのも、やはり名古屋の鶴田医師である。中川氏については二章の初めの方で既に登場願っているが、おそらくは私にとって最後の指導者となるにちがいない師である。

中川氏は一九一四年生れで今年（二〇〇二年）八十八歳になられた。もとは大阪の家電販売会社の創設者である。六十歳の時に思い立って会社を後継者に譲り、「大自然の法則と心の波動を上げる」ための活動に入られた。順調に繁栄していた会社経営から手を引いた次第というのはこうである。

氏が六十歳のある日のことである。突然発熱してそれが一週間ほどつづき、それから血便が出るようになった。あらゆる検査をしたが原因不明のまま、とうとう臨終を迎えた。「ご臨終です」という医師の声が聞えたが、目を開けても真っ暗で何も見えない。それから次に家族の人たちが葬儀の相談をする声が聞えた。

「それからどれぐらい時間が経《た》ったかわかりませんが、次に私が聞いたのは四次元世界の声でした。二、三人いるようですが、そのうちの一人が『この者の命は終った』といいました。すると別の声で『ちょっと待ってほしい。この者にはまだ使命が残っているから、今死なすわけにはいかない』といい、それから何か、がやがやと互いに意見をいい合っている声が聞えました。生命の終焉《しゅうえん》を告知した神の声は、重々しい感じでなく、事務的ですが確信に満ちた声でした。最近わかったのですが、死というのは神が管理しており、死を宣告する神がいるようです。本当の死は、三次元の肉体で決るのでなく、四次元で決るということです。

『まだ使命が残っている』という声を聞いて、私は『ああ、そうだ。すっかり忘れていた』と魂の記憶が思い出したのです。私の魂は人々に大自然の法則を教え、各自の魂の向上をはかることを教える使命と目的をもって地上に転生輪廻《りんね》して来たのに、六十年間、事業と仕事に没頭して、本来の目的をすっかり忘れていたのです。このまま生命を失い、何も使命を果さず霊界に帰ることを考えたとき、身体がブルブル震え、私は跳ね起きました。死を目前にして、やっと本来の使命を思い出し、目覚めました。不思議なことに、目覚めてから病気の症状が全くなくなり、一か月後、原因不明のまま退院しました」

以上は中川氏の著書「運命の法則」から抜粋したものである。この運動を始めるに当って、氏は守護霊から二つの約束を求められた。第一は組織を作らないこと、第二はこの運動で金儲けをしないことである。

「私も同感でしたので、現在もこの約束は守りつづけております」

と中川氏は結んでいる。

この世に生きるということは肉体を持つということで、肉体がある限り欲望がある。

物欲、金欲、食欲、情欲、名誉欲、競争欲などで、それに伴って嫉《ねた》み、怨《うら》み、憎しみや執着、心配などの情念が生れる。かつて日本人はそれらの欲望や情念を剥《む》き出しにすることを恥かしいことに思う気持が強かった。だが次第にその恥の観念が薄れて、「それが人間らしさなんだ」「人間というものはそういうものなのだ」と考えることによって抑制したり隠したりする努力をしなくなった。日本人の波動が低下してきたのは、正々堂々と欲望に身を委《まか》せるようになったためであろう。

人が死ぬと肉体がなくなり、それに従って欲望も消えてしまえば魂は浄化される。だが生前の欲望や情念を意識にこびりつかせて死んだ人の魂は、その意識のために浄化されずにいわゆる「成仏《じょうぶつ》しない」といわれる状態でさまよわなければならない。だから我々凡俗が老後にしなければならないことは、欲望や情念を涸《か》らせることであろう。老後は「楽しむ」ものではなく、人生の総仕上げをする時期、死を迎える心の支度をするべき時だと私は考えている。

といっても物質の世界に生きている限り人は生活をしなければならず、欲望というものが必要である。野心が強いからこそ人には出せない力が出る場合がある。女好き、性の欲望の強さゆえに覇者になっていく人もいる。芸術は必ずしも清浄な心から生れるものではない。嫉妬《しっと》心《しん》や羨望《せんぼう》が生きる力になることもあれば、金欲物欲が暮しを豊かにするのだ。欲望を否定してはこの現世は成り立たないだろう。あってもいけないし、なくても困る。そこが人生の難かしいところなのである。

欲望は必要だが、それに流されてはいけない――。多分、そういうことなのだろうと私は考える。欲望を制禦《せいぎょ》すること、欲望との闘いを忘れないことだ。自省しながら欲望に負けて行くのと、唯々《いい》諾々と欲望に身を委せるのとは違う。

中川氏といえども六十歳までは、何らかの欲望に引きずられることがあったにちがいないと思う。神から与えられた使命を忘れるくらい、人間的な喜怒哀楽の中に浮き沈みした日もあるだろう。そうした体験があるからこそ、現在の中川氏の訓《おし》えに私は現実感を持つのである。

「私のいうことを絶対だと思わないで下さいよ。あくまで一つの情報として聞いて下さいよ」

氏はくり返しそういわれる。すると私は何かしら気が楽になり、却《かえ》って信頼する気持が生れる。「私のいうことを参考にして考えて下さい」という中川氏に酸《す》いも甘いも嚙《か》み分けた人の持つ、柔軟な、懐《ふところ》深い安心感が漂うのは、もしかしたら、中川氏の「人間的経験」の豊富さのためかもしれない、と私は考える。

中川氏の著書に「幸福になるためのソフト」という五箇条が記されている。

「今日一日、親切にしようと想《おも》う。
今日一日、明るく朗らかにしようと想う。
今日一日、謙虚にしようと想う。
今日一日、素直になろうと想う。
今日一日、感謝をしようと想う。」

これを紙に書き、いつも見える場所（トイレが最適という）に貼《は》って毎日見ては心に染《し》み込ませることが大事であるといわれる。教訓カレンダーにあるようなそんな他《た》愛《わい》のない言葉、と多くの人は思うだろう。実は私もそう思った。だが次につづく文章を読んだ時、私の中で何かがコトンと胸に落ちた。

「実行してはダメです。

意識して実行すると失敗します。（傍点著者）

なぜかというとコンピューターというハードにはソフトが不可欠なように、人間には肉体というハードがあり、そのハードにもソフトが不可欠なのです。親切というソフトが必要なのですが、ソフトをつくる前に人に親切にしたら失敗してしまうのです」

人間の大脳は左右二つに分かれているが、左脳は外部からの教育を受け、体験を積むことによって育つが、右脳は自分で啓発し反省することで成長する。右脳の感性は四次元世界の能力で、自分以外のものに価値を発見して喜びを感じる性質がある。

宇宙は物質の世界とエネルギーと精神の世界から出来ている。神は人間の大脳を左右二つに分けて、左脳は物質の世界に、右脳は精神の世界に対応する能力を与えられた。そして左右の脳がバラバラに働いて混乱しないように脳梁《のうりよう》という連絡路を作り左右の脳が情報を交流し合うように配慮してある。

現代人の右脳はよく働かなくなっているが、それは物質世界の中で育ち、小学校から大学まで理論や数学や権利意識ばかり教育して左脳人間を作り上げた結果である。中川氏はいう。だから右脳にソフトをインプットすることが必要になってきたのであると。

世には「善行をほどこせ」という言葉がある。だが善行をしなければならないという意識によって善行をすることは、波動を高めることにはならない。剛情我慢はいけない。無理に立派な人になろうとしてはいけない。大切なことは「想う」ことなのだ。その想いがいつか身についていること、それが大事なので、だからトイレに貼って朝夕眺めて、右脳に「スリ込む」のである。考えてみれば昔のおとなはみな、子供に対してこの「スリ込み」を行ったものだった。

今まで私が親炙《しんしゃ》した心霊にたずさわる人たちはみな一様に、「波動」という言葉を使って日本の現状を憂《うれ》いていた。では波動とはどういうものか？　今まで私は単純に「精神性」という言葉を当て嵌《は》めて考えていたが、正確には波動とは「意志と情報と振動数を持ったエネルギー」であることがわかった。この三次元の物質世界も四次元世界も霊界、神界、すべて波動である。地球上の国々も微妙に波動が異っていて、それぞれ特有の民族意識を作っている。波動の特徴は同調、共鳴現象が起ることで、共鳴しては複雑な共鳴波を作り、多様な情報を作り出す。ルルドの泉の聖水は、水に高い波動がコピーされたものだそうだ。わかり易《やす》いのは音の波動である。音は弾性体を伝わる振動である。そこで音波の波動が高くなると電磁波となり、電磁波は振動の粗い長波、中波、短波のラジオ波からＦＭ波、ＶＨＦ波、ＵＨＦ波のテレビ波となり、更に振動が高くなるとマイクロ波となる。マイクロ波より更に振動数が多くなると光の波動となる。光は振動数によって遠赤外線、可視光線、紫外線、Ｘ線、ガンマー線、宇宙線と変化して行く。光の中で人間の目に感じるのはごく一部だけで他の光は見えない。波動が更に高まり、原子、分子、物質となり、エーテル体、エネルギー粒子となるが、エネルギーの振動が非常に高いものが、心、霊魂、神仏のエネルギーであると中川氏は推論されている。

人間は肉体の波動、精神の波動、魂の波動の三つを持っている。肉体の波動は健康に関係があり、精神の波動は知性、理性、人格を作る。憎しみや不平不満や心配は魂の波動を低下させるというから、現代のように人が損得のみに一喜一憂する時代では全体の波動が下るのは自然のなりゆきといえよう。

死後の世界つまり四次元世界は幽現界、幽界、霊界、神界にあらかた分れていることは既に述べてきた。人が死ぬと魂はその人の波動と同じ波動の所へ自動的に移動する。波動が低いと幽現界の下層や地獄（暗黒界）へ落ちる。この世での成功、栄誉や富は波動とは別のものであるから、たとえ天下を取ったと満足していても、波動によっては地獄へ行かなければならないのである。

地獄というと針の山や血の池があって、赤鬼、青鬼が亡者《もうじゃ》を苦しめている絵図をたいていの年配者は思い出すだろう。昔の子供はそんな地獄相を聞かされて、悪いことはするまいと心に染み込ませたものだ（今は地獄もまたメディアによってエンターテインメント化されているから、今の子供は怖いものなしに育って行っている）。

地獄の実相は勿論《もちろん》そんなものではない。中川氏は与えられた使命上、死後の世界を一通り見学させられたのだそうで、それによると、地獄は実際に何もない暗いだけの世界で、波動によって何層もの横割構造になっている。そこへ行った魂は自分が人を苦しめた罪を逆の立場で、つまり自分が苦しめた人の立場になって体験する夢を永遠に見つづけて苦しんでいるということだ。地獄の最下層は真暗闇《まっくらやみ》でジトジトした強い湿気の中、何ともいいようのない悪臭が充満していて、亡者はただじーっとうずくまっているだけである。そこまで落ちるともはや苦しみを感じることもなく、いつまでもいつまでも永遠にそうしている。そこより少し上の階層ではそれぞれの罪の意識によって苦しまされているが、それに較《くら》べるといっそ、何も感じないで闇の中にうずくまっている方がらくだという考え方をする人もあるかもしれない。

だが苦しむことによって魂は、そこから逃れたくて修行をするのである。少しでも上へ上るために浄化を目ざす。そうして幽界の下層へ上り、更に修行をして少しずつ上へと上って行く。更なる修行を目ざして三次元世界に生れ替り、そこでこの世の苦しい現実に耐えて前世の償いをする魂もある。いわゆる輪廻転生というのはそういうことなのである。

では魂の波動を高めるためにはどうすればいいのでしょうという質問に対して、中川氏はこう答える。

「難かしいことは全くありません。学問も知識も必要ありません。人は一人では生きられない。私は生かされている——。そのことを認識し、ありがとうという感謝の気持を表現すればいいのです。感謝することで魂の波動は上ります。実に簡単なことです」

それは昔々からいい古されてきた訓えである。あまりに素朴、当り前のことなので、質問した人は拍子ヌケしてしまう。だがそれは真理なのである。真理とは本来素朴なものなのだ。いかに古くさくても真理は真理なのである。

人に親切にしよう。お父さんお母さんに感謝をしよう。人のものを欲しがったり、羨《うらや》んだりしてはいけない。年寄りを大切にしよう。嘘《うそ》をつかず正直にしよう。我慢をしよう。欲バリはいけない。勇気を持とう……代々の子供たちに昔からくり返されて来たその教訓を、今の教師や親がどれほど子供に教えているだろう。物質的充足を幸福であると思い込んだ頃から、我々は我慢を忘れ要求することばかり考え、不平不満を増幅させてきた。親が子に教えるのは、どうすれば得になるかということばかりになっている。正義も勇気も教えない。虐《いじ》められッ子の味方をして虐めッ子に立ち向えば、今度はあんたが虐められるようになる、見て見ぬふりが一番悧口《りこう》なのよ、と教える。

悪想念はエネルギーであるから消滅することなく地球表面の四次元世界に堆積《たいせき》して神の光を遮断《しゃだん》する。そうして国の波動は下り、悪霊浮遊霊が憑依《ひょうい》して苦しむ人や兇悪《きょうあく》犯罪が増えるという循環が起っている。

時たま私はテレビの心霊番組を見るが、テレビメディアが心霊問題まで格好の「見世物」にしていることに腹が立つよりも心配になってくる。心霊番組を作るのなら、霊魂や死後の世界についての真摯《しんし》な探求心を持ってほしいものだ。そこに登場する霊能者なる人を私はインチキであるとはいわない。霊能はその人の波動によって千差万別であるからだ。波動の高い人は高い波動の世界まで見えるが、低い霊能者は低いもののしか霊視出来ないといわれている。それはともかくとしてそれぞれのやり方で除霊が行われ、一件落着のように見えるが、本当は問題はそれで終るのではない。

その時は除霊が成功したとしても、憑依されていた人自身の波動が高くならなければ、除かれた霊はまた戻ってくる。あるいは出て行った浮遊霊の後に別の浮遊霊がやってくる。体質が霊体質の人は特にその自覚が必要なのである。そのことを霊能者は声を大にしていわなければいけないと私は思う（あるいはいっていてもテレビ局が勝手に除去してしまうのかもしれないが）。

力があるというので数多い信奉者に囲まれていた女性霊媒が次第に評判を落して行った。彼女の霊視が信用出来なくなったのだ。つまり力が落ちたのである。

なぜ力が落ちて行ったか、その理由についてこんな話を聞いたことがある。彼女の霊視はよく当るので、依頼者がだんだん高額の謝礼金を置いて行くようになった。しかし前に記したように、霊能者にもその時々の体調の良否がある。依頼者が少い頃はよかったが、増えてくると疲労して集中力がゆるんできた。見るべきものが見えにくくなる時がある。

しかし彼女は高額の謝礼金を貰《もら》っている。そのために、今日は調子が悪い、よくからない、とはいえなくなった。金を取っておきながら、わからないといって帰すわけにはいかない。そこでつい、いい加減なこと、自分の当て推量をいってごま化すようになった。欺《だま》すつもりはないのだが、大家《たいか》になってしまったために、正直に謝ることが出来なくなったのだ。一般に大金を受け取る霊能者を信じない方がいいといわれているのはそういうわけなのである。

すべてが科学的に解明されてしまう世の中に倦《う》んだ人たちが、わけのわからぬ不気味な現象に心を躍らせる。怖いねえ。ふしぎなことってあるのねえ。あれはヤラセじゃないの、そうかしら、でも……などといい合って、日常生活の刺激にする人たちを目ざして、もっと怖がらせよう、もっと好奇心を刺激しようと、それのみを考えている心霊番組制作者の波動は下り切っている。霊能者がしなければならないことは、霊を祓《はら》うことだけではなく、心の持ち方、神のルール、死後の世界を教えることだ。それは急を要していることなのである。

5

遠藤周作さんが亡《な》くなったのは平成八年九月である。その年の一月、遠藤さんから電話でこう訊《き》かれた。

「佐藤くん、君、死後の世界はあると思うか？」

「あると思う」

とすぐ私は答えた。遠藤さんはなぜあると思うのかとは訊こうとせずにいった。

「もしもやな、君が先に死んで、死後の世界があったら、『あった！』といいに幽霊になって出て来てくれよ。オレが先に死んだら、教えに出て来てやるから」

「遠藤さんの幽霊なんか来ていらん！」

と私はいい、話はそこまでで終った。その前にも一、二回、死後のあるなしについて遠藤さんが訊いたことがあったと思う。

遠藤さんが亡くなった翌年の五月の中旬だった。私は夜遅く、江原啓之さんと電話の長話をしていた。心霊についての質問やら相談をする時は、いつも夜の十一時頃である（それほど江原さんはスピリチュアリズム研究所の仕事が忙しく、日中は時間が

とれなくなっていたのだ)。その時、話の途中で江原さんは突然、

「あ、ちょっと……待って下さい……」

といって言葉を切ったかと思うと、

「今、佐藤さんの部屋に遠藤先生が見えています」

といった。

「多分、遠藤先生だと思います。写真で拝見しているのでわかります。茶色の着物姿で、そこの部屋の壁に懸っている絵を眺めたり、今はデスクの上に書きかけの原稿がありますね、それを見て……人さし指で下の方のも持ち上げてニヤニヤしながら見ておられます……」

私は言葉が出ない。私は十畳の洋室を書斎兼寝室にしている。その時はベッドに腰をかけて受話器を耳に当てていた。勿論、私には何も見えず、何の気配も感じない。

「遠藤先生がこういっておられます。死後の世界はあった、こっちの世界はだいたい、君がいった通りだ……」

私の身体を戦慄《せんりつ》が走った。驚きや怖《おそ》ろしさではなくそれは間違いなく感動の戦慄だった。私は思い出したのだった。遠藤さんの生前の、あの会話を。

――もしオレが先に死んだら、教えに出て来てやるから……。

遠藤さんはそういった。そしてその約束を守って出て来てくれたのだ……。

呆然《ぼうぜん》としている私の中に何ともいえない懐《なつ》かしさと嬉《うれ》しさがこみ上げてきた。わっと泣き出したいような熱いものがたちのぼってくる。

「それから……こういっておられます。作家というものはみな怠け者だから、こうして時々見廻りしなければならないんだ……」

それから江原さんはクスクス笑い出した。

「この前も見てたら、佐藤くんは机に向ったままじーっと動かない。そんなに行き詰っているのかと思ってそばへ寄ってよく見たら、居眠りしとった……」

思わず私は、

「遠藤さんはあの世へ行っても生前のキャラクターが消えないのね」

と感心した。

「遠藤さんが行かれた所は幽界の一番高い所で、四季の花が咲き、鳥が歌い、いうことなしの、天国といわれている所に当ります」

と江原さんはいった。そこは肉体がないので欲望からは解放され、怒り、憎しみ、嫉《ねた》みなどに左右されることのない想念だけの世界である。しかし生前の記憶や性格は残っていて、最高に楽しい所だという。ここよりも上の世界、つまり霊界に入ると、記憶はなくなり、苦しくも楽しくもないという状態になる。そのため更に修行して霊界へ上るよりもここにいる方が楽しいと思って、なかなか上へ上ろうとしない魂もあるそうだ。

江原さんはそんな説明をして、それからまたクスクス笑った。

「こうおっしゃってます。ぼくの人格が高いから真直《まっすぐ》にここへ来た。人の役に立ってきたからなあ。沢山の寄附もしたし……と自慢しておられます」

実際、死んだ後一年も経《た》たないうちに、「天国」まで真直に行くことの出来る魂は稀《まれ》であるという。遠藤さんはでたらめをいうのが好きな、幾つになってもしようのない悪戯《いたずら》好きだった。だが生涯を通じて病弱な肉体と繊細な感受性ゆえの苦しみと闘った内省の人だった。遠藤さんの波動は高かったのだ。

我々は簡単に「あの世で会おう」とか「あの世で父や母が待っている」などという。だがあの世は波動の世界で、その高低によって行く先が決るのであるから、父や母と会うつもりでも波動が違えば会うことは出来ない。どんなに愛し合った男女でも、波動の差によって離ればなれになるのだ。「あの世で一緒になりましょう」と心中した男女は共に暗黒界へ落ちるのだからそこで一緒にいられるかもしれないが、暗黒界にも上、中、下くらいの差はあるというから、一緒に死んでも「あの世で夫婦《めおと》」というわけにはいかないであろう。私が遠藤さんとあの世で会いたいと思っても、そうなるには私の波動をもっと上げなければならないということになる。

遠藤さんはもしかしたら始終、見廻りに来ているのかもしれず、私のほかにも遠藤夫人や子息の龍之介さんや、阿川弘之さんや三浦朱門さんの所へも行っているのだろうと思う。サイババの紹介者として精神世界に造詣《ぞうけい》の深い青山圭秀《まさひで》さんがたまたま江原さんを訪ねた時、遠藤さんは現れたそうだ。青山さんと遠藤さんは印度取材を通して親しくなったのだという。私や青山さんの場合は江原さんという優れた霊能の持主の存在によって交信が出来るが、他の人の所ではそこに来ていることを知らせようがなく、ただ佇《たたず》んでいるだけなのかもしれない。

その後一、二度遠藤さんは現れ、

「こうしているのも今のうちだ。仕事が待っている」

と言った。どんな仕事かと問うと、「世直しの手伝い」といわれました、と江原さんはいった。

別の時、私は江原さんからこの国の先行きについて遠藤さんに訊《たず》ねてもらった。すると遠藤さんの返事はこうだった。

「国のことよりも自分のことだ」

私ははっとした。急所をグサリと突かれた思いだった。そうだった、大切なことは人、一人一人が自分の波動を上げることだった。一人一人の波動が上れば社会の波動が上り、国の波動も上るのだ。それが今まで私が学んできたことだった。政治家を批判しても仕方がない。国民の波動が上れば波動の高い政治家が出てくる。一人一人の波動の高まりが優れた政治家を産み出すのだ。

6

そうしてやっと、私はここまで来た。長い道のりだった。私はこの秋に七十九歳になる。五十一歳からおよそ三十年近くかかって漸《ようや》くここまで来た。はじまりは北海道に山荘を造ったことだった。それからの歳月を私はさすらい人のように彷徨《ほうこう》してきた。私を導いてここまで連れてきてくれた人、いつもくり返しいうことだが美輪明宏さんに始まって心霊科学協会の大西弘泰氏、相曽誠治氏、中川昌蔵氏、先生と呼ぶにはあまりに身近になった江原啓之さん。そうしてまるでお伽話《とぎばなし》のフェアリーのように、私がさまようのを見ては以上の人たちを探し当てて私の彷徨に道をつけてくれた鶴田医師。私はそのふしぎさに打たれ、これは「大いなる意志」のはからいであると思わずにはいられない。

二十歳を境に私を見舞った苦労。最初の夫のモルヒネ中毒、二度目の夫の破産という私の人生の躓《つまず》きは、私に力をつけさせるために与えられた試練だったにちがいない。私は短気で怒りっぽく、感謝するべきことも当り前と受け取るような我儘《わがまま》娘に育っていた。だがそれゆえに身についた唯一《ただひと》つの美点といえば、この私が悲境に沈む筈《はず》がないという楽天的な自信があるということだ。そうしてもうひとつ、向う見ずな強さを父の血から受けていた。その性質が私に逃げ出すことを思い止《とど》まらせた。絶望的になったことはあっても絶望はしなかった。本来、人間の中には苦しみを克服する潜在的な力が備っていることを今、私は信じる。

シルバー・バーチは一九二〇年から八〇年まで、イギリスのモーリス・バーバネルという霊媒に降りてきた三千年前の古代霊である。五十年余りも毎週、交霊会に降霊して来て霊界通信を行い、その記録はサイキックニューズ紙に掲載されてその内容の高さゆえに注目を集めたが、モーリス・バーバネルの死去によって通信は終った。

そのシルバー・バーチの霊言を桑原啓善編著「シルバー・バーチに聞く」の中に拾い読みしている時、私の目を射たフレーズがあった。

「私達（つまりシルバー・バーチら神界のメッセージを地上に伝える役目を課せられた霊たち）に一番辛《つら》いことは、皆さんの傍に在って、その苦しむさまを眺める時である。私達は承知している。これは本人の魂の闘いだから決して助けてはいけないということを。こうしなさいといちいち指示をすれば進歩はしない。あなたがあなた自身であなたの問題を解決すること。そこにあなたに内在するものを発現させる道がある」

それは私の心霊世界遍歴の総仕上げともいうべき言葉だった。

「貧者にただ金を与えることが奉仕ではない。病人をただ癒《いや》してやることが愛ではない。場合によって双方ともカルマを加えることになる」

そうなのだった。自分のカルマは自分で克服するべきなのだ。人間には生来持って生れたカルマ（先祖の因縁と前世の因縁）がある。また自分で生み出すカルマもあろう。いつの時代か私の先祖に（多分、戦国時代の頃だと思われるが）権力をほしいままにする豪族がいて、人々の上に苛酷《かこく》に君臨し、殊《こと》に貧しい人たちや女を苦しめた。その苦しんだ人たちの怨念《おんねん》がもととなって、佐藤家のカルマが生れ、それを浄化する者がいないままにカルマがカルマを増幅させて今日に到《いた》った。相曽誠治氏はそういわれた。

思えばそもそもの始まり、私が心霊界の右も左もわからぬままにアイヌの怨霊に直面した時、女性心霊家第一人者といわれる寺坂多枝子女史から鶴田医師を通して教えられたことが、この現象は佐藤家の先祖とアイヌとの因縁によるものだということだった。どうやら佐藤家の先祖にアイヌを苦しめた者がいるらしく、そのために先祖の魂は苦しみつづけている。あまりに長いその苦しみを見兼ねた大先祖が、アイヌの怨霊を鎮《しず》めて先祖の魂を救う役目を私に与えた。私が縁もゆかりもない北海道に唐突に家を建てる気になったのはそのためだが、「その時」（つまりアイヌの魂を鎮めなければならない時）はさし迫ってきている、と寺坂女史はいわれた。異常に激しい現象は、私に事態がさし迫っていることを認識させるためのものだと。

また相曽氏はこういわれた。佐藤家の先祖に権力をほしいままにした豪族がいて、弱く貧しい人々を苦しめた。苦しめられた人々の怨念がもととなって佐藤家のカルマが生れたのだと。

アイヌを苦しめたのが先か、権力を振った豪族が先か、そもそものカルマはいつ、どんな先祖が産み出したものか、それを知ろうとして調査にかかったこともあったが、そのうち私はいつ、誰が、ということを穿鑿《せんさく》したところでたいして意味のないことだ、と思うようになった。この私に佐藤家のカルマがかかっているのなら、四の五のいわずに浄化の努力をすればいい。それが一番の早道だ、と。

佐藤家のカルマは増幅に増幅を重ねて、ついに私の父佐藤紅緑、兄ハチローはじめ三人の兄、姉、ハチローの息子たちにまで累《るい》を及ぼした。先ごろ私は「血脈」という小説を上梓《じょうし》したが、それは佐藤の血を引く者がみな、矯激な性《さが》に引きずられて滅びて行った様を描いたものである。それを書き出した頃はこの血脈の異常さは先祖のカルマによるものだという認識はなかった。漸く書き終えて本が出来上ると、江原さんから電話がかかって来て、

「佐藤家の浄化が始まりましたね」

といわれた。

「浄化？」

私は驚いて訊き返した。私はこの作品を書くに当って、父や兄たちはあの世で、さぞかし怒ることだろうと覚悟を決めていたのだ。だが江原さんはこういった。

「佐藤家の人々の浄化のし方は変ってるんですね。何もかもさらけ出して、恥をかいて、そして浄化されるという、珍らしい浄化のし方です」

江原さんは今こういう情景が見えてきましたよ、と説明した。

「二、三十人の男の人や女の人が集っていまして、その中から一人、また一人とらせんを描きながら空へ上って行くのが見えます。上空に雲の切目のような穴が開いていて、そこへ入って行くのですが、そのへんに出迎えているんでしょうか白いキモノを

着た人たちの姿があります。女の人は和服を着た人が多いですね。あ、お母さんもいらっしゃいます」

　思わず私は訊いた。

「ハチローもいますか？」

「います。今、『負けた』という声が聞えました」

　私は思い出した。十三年か十四年前、「血脈」を書くことを別冊文藝春秋編集長だった中井勝さんに勧められて、取りかかろうとしていた時のことだ。鶴田医師が私を襲う執拗《しつよう》な霊現象を寺坂女史に電話で相談していた時、女史は突然、

「あ、ちょっと待って下さい」

　といってから、

「今、こんな声が突然電話に入って来ました。『愛子がオレのことを書こうとしているけど、書くなら書け』、というんです……」

　それから女史はつづけた。

「佐藤愛子さんはなにか、ハチローさんのことでも書くんですか？　こんなこともいってます……『オレはとにかく、そのたびに一所懸命に愛した。一人一人を真面目《まじめ》に愛した』……」

そして女史は、

「なんだか、怒ってるような様子でしたけど……」

とつけ加えた。怒ったってしようがない、と私は思った。私は「書く」、と心に決めたのだから。もの書きというものはそのように冷酷でエゴイストであることくらい、兄さんだってわかってる筈だ、怒るなら怒れ、といいたかった。

しかし私は書くことによってハチローを前よりは理解し得た。以前はそんなものが兄の中にあるとは夢にも思わなかった（もしかしたらハチロー自身も気がつかなかったかもしれない）「タイラントの孤独」といったものを見つけることが出来たのだ。

私たちは決して仲のいい兄妹ではなかったが、書いたことによって今、私はサトウハチローを理解し、愛している。

ハチローが「負けた！」といいつつ天へ上って行く情景を想《おも》うと、私は笑い出さずにはいられなかった。「負けた！」とはいかにもハチローらしい言い方だったから。

私はひきつづき江原さんに、

「それで、父は？」

と訊いた。

「紅緑先生もいらっしゃいます。あ、今、相曽先生が見えました。ニコニコして、お茶目な感じで……喜んでいらっしゃるようです」

つまりその光景は佐藤家の未浄化霊たちがうち揃《そろ》って今、天へ登って行ったという ことではなく、それぞれがそれまで位置していた幽界の何段階目から、それぞれの段階が上って行ったということを象徴的に見せているのだと江原さんはいった。


こうして漸く私はここまで辿《たど》り着いた。北海道浦河町の山の家は鎮った。東京のこの家にももう、何の気配もない。

すべては「はからい」だったのだと私は思う。私の過去のもろもろの苦労は、私のカルマであると同時に私に与えた使命をなし遂げさせるための訓練だったのだ。今、私はそう思う。苦しみから逃げなくてよかったと思う。人間は苦しむことが必要なのだ。苦しむことで浄化への道を進むのだ。

自分一人がなぜこんな目に遭うのかと腹が立つことがあっても、これが自分に課せられたカルマだと思うと諦《あきら》めがつく。

――天や人を恨んでもしようがない。

それを正しく認識すればカルマを解消するためにこの災厄から逃げずに受けて立とうという気持になる。そうなればよいのである。そう思えば勇気が出る。生れて来たことをよかったと思えるのだ。

私は十分に生きた。後は死を待つばかりである。どんな形で死がやって来るのか。

たとえ苛酷な死であっても素直に受け容《い》れることが出来るように、最後の修行をしておかなければならない。

以上をもって私の遺言は終ります。

この作品は平成十四年十月新潮社より刊行された。

新潮文庫最新刊

白河三兎著
ひとすじの光を辿《たど》れ
女子高生《JK》×ゲートボール《GB》！ 彼女と出会うまで、僕は、青春を知らなかった。ゴールへ向かう一条《ひとすじ》の光の軌跡。高校生たちの熱い物語。

紺野天龍著
幽世《かくりよ》の薬剤師4
昏睡に陥った患者を救うため診療に赴いた空洞淵霧瑚は、深夜に「死神」と出会う。巫女・綺翠にそっくりの彼女の正体は……？

月原 渉著
すべてはエマのために
わたしの手を離さないで——。謎の黒い邸で、異様な一夜が幕を開けた。第一次大戦末期のルーマニアを舞台に描く悲劇ミステリー。

川上和人著
そもそも島に進化あり
生命にあふれた島。動植物はどのように海原を越え、そこでどう進化するのか。島を愛する鳥類学者があなたに優しく教えます！

朝井リョウ著
正欲
柴田錬三郎賞受賞

ある死をきっかけに重なり始める人生。だがその繋がりは、〝多様性を尊重する時代〟にとって不都合なものだった。気迫の長編小説。

伊与原 新著
八月の銀の雪
科学の確かな事実が人を救う物語。二〇二一年本屋大賞ノミネート、直木賞候補、山本周五郎賞候補。本好きが支持してやまない傑作！

私《わたし》の遺《ゆい》言《ごん》

新潮文庫　さ－20－3

平成十七年十月一日発行
令和五年七月十日十九刷

著者　佐《さ》藤《とう》愛《あい》子《こ》
発行者　佐藤隆信
発行所　株式会社 新潮社
郵便番号　一六二―八七一一
東京都新宿区矢来町七一
電話　編集部(〇三)三二六六―五四四〇
読者係(〇三)三二六六―五一一一
https://www.shinchosha.co.jp

価格はカバーに表示してあります。

乱丁・落丁本は、ご面倒ですが小社読者係宛ご送付ください。送料小社負担にてお取替えいたします。

印刷・大日本印刷株式会社　製本・株式会社大進堂

ISBN978-4-10-106413-0 C0195